투명 인간과
가상 현실 좀 아는
아바타

〈일러두기〉

●이 책은 영국의 작가 허버트 조지 웰스가 1897년에 발표한 과학 소설 『투명 인간』을 토대로 쓰여졌습니다. '투명 인간은 가능한가?', '투명 인간은 정말 미친 과학자일까?'라는 과학적, 철학적 주제를 현재의 시점에 맞춰 전개하기 위해 원작에는 없는 상처 많고 소심한 공룡 아바타 '다싫달싫'을 주인공으로 등장시켜 새로운 과학 소설을 완성하였습니다.

가상의 세계에서 나를 찾다

투명 인간과 가상 현실 좀 아는 아바타

이한음 글 | 김규택 그림

나무를 심는 사람들

●머리말●

투명하다는 것은…

허버트 조지 웰스가 『투명 인간』을 내놓은 뒤로 투명 인간은 말 그대로 몸이 투명해져서 눈에 보이지 않는 사람을 가리키는 뜻으로 주로 쓰인다. 몸의 색소를 없애고, 몸속의 분자들을 잘 배열하여 빛이 그대로 통과하게 하고, 물을 아주 많이 먹어서 몸속의 분자들을 희석하고, 몸을 좀 더 납작하게 만들면 정말로 투명 인간이 될 수도 있지 않을까?

실망스럽게도 아니다. 부피가 있고 온갖 물질이 꽉 들어찬 사람의 몸을 투명하게 만들기란 아주 어렵다. 사실상 불가능하다고 말해도 된다. 그래서 과학자들은 사람의 몸을 투명하게 만드는 대신에 다른 기발한 방법을 떠올리고 연구도 하고 있다. 해리 포터의 투명 망토 같은 것으로 몸을 감싸는 방법이 한 예다. 아주 작은 카메라, 광섬유, 화면, 굴절률이 높고 반사율이 낮은 물질 등을 이용하면 투명 망토를 만들 수 있을 것이다. 그러면 몸이 투명해진 양 우리 눈을 속일 수 있다. 실제로 개발되면 군사용, 오락용 등 여러모로 쓸모가 많지 않을까?

하지만 사람은 다른 의미로도 투명 인간이 될 수 있다. 뮤지컬 영화 〈시카고〉에는 주인공의 남편이 자신을 미스터 셀로페인(Mr. cellophane)이라고 자조적인 어투로 노래하는 장면이 나온다. 셀로판지처럼 투명 인간 취급을 받는 자기 자신을 한탄하는 노래다.

이렇게 사람은 굳이 물질을 이용하지 않고서도 자기 자신이나 남을 투명 인간으로 만드는 방법을 이미 알고 있다. 인간관계를 끊는 것이다. 종적을 남기지 않고 스스로 몸을 숨기거나, 눈에 보이는데도 무시하거나 하는 방법들을 통해 사람은 투명 인간이 된다. 그런 방법으로 사람은 자기 자신에게, 또는 남에게 마음의 상처를 입히거나 입기도 한다.

웰스의 투명 인간도 그렇다. 그는 물질적으로만 투명해진 것이 아니다. 그는 때로 사람들이 자신에게 관심과 시선을 보내지 않기를 바란다. 즉 투명 인간처럼 보이기를 원한다. 그런 한편으로, 자신을 투명 인간처럼 대하는 이들에게 분노를 느끼기도 한다. 이렇게 마음이 오락가락하는 상황에서 투명 인간 상태에서 돌아올 방법을 찾아내지 못한다는 초조함, 사람들이 드러내는 거부감과 두려움까지 뒤섞이면서 그는 혼란에 빠진다.

이렇게 몸뿐 아니라 마음에도 초점을 맞춘다면, 『투명 인간』은 어떤 식으로 읽을 수 있을까? 투명해진다는 것은 어떤 의미를 지니게 될까?

비록 몸을 투명하게 만들지는 못하지만, 기술이 발전할수록 우리가 투명해질 수 있는 방법은 늘어난다. 열심히 하던 소셜 미디어를 하루아침에 다 끊으면? 소셜 미디어에서 남들로부터 차단당한다면? 투명 인간이 되는 것이 아닐까?

그런데 투명 인간은 이렇게 부정적인 의미로밖에 쓰이지 않는 걸까? 웰스는 『투명 인간』에서 투명해진다는 것을 주로 부정적인 의미로 썼다. 그 뒤로 나온 투명 인간을 다룬 작품들도 대부분 그런 관점을 취하고 있다. 그렇지만 투명해진다는 것을 정반대의 관점에서 바라볼 수도 있지 않을까? 긍정적으로 바라본다면 어떤 의미를 지니게 될까?

이 책에서는 가상 현실이라는 첨단 기술을 소재로 삼아서 투명해진다는 것의 의미를 살펴본다. 가상 현실이 물리적으로도 심리적으로도 투명해질 방법을 제공할 수 있지 않을까 하는 생각에서다. 새로운 기술을 바람직한 방향으로 이용할 방법을 생각해 보자는 의도도 담겨 있다. 과학 기술이 제공할 가능성을 토대로 투명해진다는 것의 의미를 좀 더 깊이 살펴보고, 긍정적으로 볼 때 어떤 가능성이 열릴지 생각해 보면 어떨까?

2019년 6월 이한음

차례

프롤로그

모래사막이 끝없이 펼쳐져 있었다. 저쪽 멀리서는 바람이 부는지 뿌옇게 모래가 구름처럼 일어나서 커튼처럼 움직이고 있었지만, 이쪽에는 바람 한 점 없었다. 눈부신 하늘에 해만 이글거리고 있었다.

온몸에서 점점 뜨거운 기운이 느껴졌다. 목과 겨드랑이에 땀이 차서 흐르는 느낌도 왔다. 주위의 모래로부터 뜨거운 열기가 뿜어져서 발을 달구고 있었다.

다싫달싫은 천천히 발을 옮겼다. 모래가 푹 눌리면서 발자국이 생기는 광경이 고스란히 드러났다. 발을 떼는 순간 주변의 모래가 밀려들면서 발자국은 살짝 들어간 흔적만 남긴 채 지워졌다. 다싫달싫은 아무 생각 없이, 그냥 자신의 발자국이 생겼다가 사라지는 모습을 바라보면서 걸음을 옮겼다.

딱히 가고 싶은 곳이 있는 것도 아니었다. 하긴 온통 사막인데 갈 곳이 있을 리가 없었다. 그냥 이렇게 걷는 것밖에 할 일이 없었다. 그래도 사막을 독차지하고 있다고 생각하니 기분은 좋았다.

얼마나 걸었을까… 이제 너무 덥고 지쳤다고 생각하는 순간, 눈앞에 멋진 오아시스가 나타났다. 야자수들 사이로 축구 경기장만 한 맑은 물이 담긴 호수가 있고, 나무 그늘 아래 오두막도 하나 서 있었다.

다싫달싫은 물에 발을 담갔다. 발목 주변의 수면이 일렁거리면서 시원한 느낌이 밀려들었다. 내친 김에 물에 몸을 푹 담갔다.

한참 헤엄을 치고 나와서 오두막 마루 위로 올라서니, 낮은 탁자 위에 시원한 수박이 놓여 있었다. 탁자 앞에 앉아서 수박 한 조각을 집어 들

었을 때였다.

"손대지 마. 내 거야."

다섥달섥은 깜짝 놀랐다. 이곳에 자기 혼자만 있는 줄 알았는데… 주위를 둘러보니 아무도 없었다.

"일단 수박 내려놔. 그러면 네가 있다는 증거도 사라지니까. 네가 바닥에 떨군 물은 벌써 말랐어."

다섥달섥은 재빨리 수박을 내려놓고 어정쩡하게 물었다.

"설마 투명 인간?"

그 말에 한심하다는 투의 목소리가 들렸다.

"처음인가 보네. 여긴 투명 인간 경험을 하는 사람들이 처음에 으레 들르는 곳 중 하나야."

"그럼, 딴 사람들이 더 있다는 거예요?"

"그래, 몇 명이 와 있는지는 아무도 모르지. 서로 부딪히지도 않고 그

냥 통과하도록 되어 있으니까. 너처럼 초보자나 들키는 거야. 발자국이나 윤곽이 그대로 드러나도록 설정된 기본값을 안 바꾸었으니까."

"그런 것도 바꿀 수 있어요?"

"당연하지. 대개는 목소리도 안 들리게 해 놓지. 나도 어쩔 수 없이 네게 말을 하기 위해서 목소리가 들리게 한 거야."

다삶달삶은 그 말이 무슨 뜻인지를 생각했다. 그러면 혼자 있다고 생각한 곳에 수십 명, 아니 수백 명이 돌아다니고 있을 수도 있다는 거야? 그들이 다 내가 발자국을 찍으면서 돌아다니는 모습과 헤엄칠 때 물에 생기는 윤곽도 다 보고 있었고? 갑자기 소름이 돋으면서 얼굴이 뜨거워졌다.

"쪽팔려서 죽고 싶은 기분이 마구 들지? 괜찮아. 네가 누군지 아무도 모를 테니까. 달리 투명 인간이겠어?"

"그래도…."

"익숙해지면 달라져. 일부러 이따금 윤곽을 드러내는 이들도 있어."

"헉!"

"뭘 놀라? 그래 봤자 다 공룡들인데."

"엥? 뭐라고요?"

"쯧쯧. 아무리 투명 인간들이 돌아다니는 곳이라고 해도, 벌거벗은 모습을 상상하게 만들면 되겠니? 사람은 옷을 입고 있어야지. 여기 아바타는 다 공룡이야. 사실은 투명 공룡인 거지."

그 순간 다싫달싫은 발자국이 좀 이상했던 이유를 깨달았다. 길쭉한 대신에 둥글고 뭉툭했다. 그냥 어설프게 설정한 것이라고 추측했는데.

다싫달싫이 새로 알게 된 사실들에 좀 얼떨떨해하면서 멍하니 앉아 있는 사이에, 상대는 수박 조각을 들고 먹기 시작했다. 수박이 허공에서 씹혀서 죽처럼 되어 목으로 넘어가는 모습이 보였다. 수박 죽은 위장이 있을 듯한 부위에 고여서 출렁거리면서 짓이겨지고 있었다. 보고 있자

니, 상대의 윤곽을 어느 정도 추측할 수 있었다. 수박 즙에 손의 윤곽도 언뜻언뜻 드러났다.

"이구아노돈?"

다싫달싶의 입에서 절로 그 말이 튀어나왔다. 그러자 출렁거리는 죽이 가까이 다가왔다. 그러더니 갑자기 즙이 묻은 손으로 다싫달싶의 얼굴을 비비기 시작했다.

"흐음. 새끼 티라노처럼 보이는데?"

바로 귓가에서 목소리가 들렸다. 다싫달싶은 당황해서 말했다.

"저, 이건 좀… 설정값을 어떻게 바꾸는…."

"그건 나중에 하고. 자, 말해 봐. 넌 여기 왜 왔지?"

"저. 그건…."

다싫달싶은 머뭇거리다가 말했다.

"말하고 싶지 않아요. 개인 사정이에요. 당신은요?"

"나도 그래. 여기 온 사람들도 다 그럴걸?"

"그런데 왜 물어요?"

다싫달싶은 퉁명스럽게 물었다.

"내가 드러내 놓고 수박을 먹는 것도 개인 사정이라는 거지. 이따금 이런 곳에서 시원한 수박을 먹고 싶지 않겠어?"

다싫달싶은 고개를 끄덕이다가, 자기 모습이 안 보인다는 것을 깨닫고 입을 열었다.

"그렇겠죠."

"맞아. 문제는 수박을 먹으려면 정체를 드러내야 한다는 거야. 그럴 때는 모른 척 하는 게 여기 예의라고. 남의 수박을 허락도 없이 먹으려 하지도 말고."

"네…."

다싫달싶은 입술을 깨물려고 했지만, 자기 아바타는 입술을 깨물지

못한다는 것을 깨달았다. 대신 이빨이 입술을 찔렀다. 아프지는 않았지만.

상대가 손을 떼고 자기 자리로 가서 다시 수박을 먹기 시작했다. 다싫달싫은 찝찝해서 얼굴을 만져 보았다. 아무것도 묻어 있지 않았다. 그래도 기분이 나쁜 것은 어쩔 수 없었다. 다싫달싫은 그냥 떠나려다가, 갑자기 오기가 생겼다.

"내가 왜?"

다싫달싫은 그렇게 중얼거린 뒤, 바로 앞에 탁자를 만들어 냈다. 그리고 그 위에 팥빙수를 떡하니 놓았다. 저쪽에서 수박을 씹고 있는 이빨이 이쪽을 향하는 것이 보였다. 그러거나 말거나, 다싫달싫은 천천히 팥빙수를 한 숟가락 떠서 입에 넣었다. 시원하고도 달콤한 맛이 입 안 가득히 느껴졌다.

다싫달싫은 상대가 뭘 하든 신경을 끄기로 마음먹고, 반짝이는 수면

을 바라보면서 천천히 팥빙수를 한 입씩 떠먹었다. 호수 저쪽에서 갑자기 어울리지 않게 돌고래 한 마리가 수면 위로 뛰어올랐다. 물보라가 흩날리면서 무지갯빛으로 반짝였다. 너무나 멋진 광경이었다.

그 순간 수박을 먹던 공룡이 깔깔거리며 웃기 시작했다.

"너, 정말 웃기는구나!"

그러더니 다싫달싫이 미처 대꾸하기도 전에 사라졌다. 허공에서 출렁거리던 죽 같은 수박도, 탁자와 수박 접시도 순식간에 사라졌다.

다싫달싫은 신경을 안 쓰겠다고 마음먹었었지만, 왠지 팥빙수 맛이 좀 떨어진 것 같은 느낌이 들었다. 다싫달싫은 팥빙수를 사라지게 하고 멍하니 호수를 바라보았다.

수면 위에서는 돌고래 대신에 이제 날치가 한 마리 날고 있었다. 날치는 수면 위를 빠르게 날아가는가 싶더니 어느새 커다란 잠자리로 바뀌었다. 그러더니 파란 제비나비로 변해서 나풀거리면서 다싫달싫을 향해

날아왔다.

나비를 향해 손을 뻗자 나비가 손바닥에 앉는 느낌이 왔다. 이어서 파란 구슬로 변해서 손 안으로 스며들더니 팔 속에서 구르기 시작했다. 구슬이 닿는 부위를 따라 혈관 같은 통로의 윤곽이 흐릿하게 드러났다 사라졌다.

구슬은 어깨를 지나 목 아래쪽 성대 부위까지 오더니, 빨간색으로 바뀌면서 멈춰 서서 흔들거렸다. 위로 갈지 아래로 갈지 망설이는 듯했다.

낯선 인물의 등장

2월의 추운 날, 살을 엘 듯한 바람에 눈이 휘몰아쳤다. 한 사람이 두꺼운 장갑을 낀 손에 작은 여행 가방을 든 채로 브램블허스트 역에 내렸다. 그는 머리부터 발끝까지 온몸을 꽁꽁 싸매고 있었다. 부드러운 펠트 모자의 테두리가 얼굴을 다 가릴 지경이었고, 반질거리는 코끝만 보였다. 눈이 어깨와 가슴에 쌓이고 가방도 하얗게 뒤덮는 가운데, 그는 피곤에 찌든 모습으로 비틀거리면서 아이핑 마을에 있는 '말과 마차' 여관에 들어섰다.

"방 하나 주십시오! 난롯불도 따뜻하게 피워 주고요."

여관 안주인인 홀 부인은 그를 응접실로 안내하고 난롯불을 피웠다. 겨울에 이곳까지 손님이 찾아오다니. 게다가 숙박료를 깎자는 말도 하지 않으니 홀 부인은 복이 굴러왔다고 생각했다. 그래서 성의를 다해서 직접 식사를 차리기로 했다. 그녀는 가장 고급 식기를 꺼내어 들고 응접실로 향했다.

그런데 난롯불이 활활 타오르고 있는데도, 손님은 여전히 모자와 외투를 벗지 않은 채였다. 그는 등을 돌린 채 뒷짐을 지고 창가에 서서 눈 내리는 마당을 바라보고 있었다. 뭔가 생각에 잠긴 모습이었다.

"선생님, 모자와 외투를 벗어 주실래요? 주방에서 잘 말린 뒤 갖다 드릴게요."

어깨에 쌓였던 눈이 녹아서 카펫에 떨어지고 있었다.

"괜찮습니다. 그냥 입고 있을게요."

그가 고개를 돌렸을 때, 그녀는 그가 커다란 파란 색안경을 쓴 것을 보았다. 짙은 안경은 눈을 덮고 있었고, 외투 깃이 얼굴과 뺨을 완전히 가려서 덥수룩한 구레나룻밖에 보이지 않았다.

"알겠습니다, 원하신다면요. 방은 금방 따뜻해질 거예요."

홀 부인은 손님이 지금 별로 이야기를 나누고 싶지 않은 모양이구나 생각하고서, 재빨리 식기를 내려놓고 나갔다. 잠시 뒤 그녀는 달걀과 베이컨 요리를 들고 왔다. 손님은 석상처럼 그대로 서 있었다. 옷깃을 세우고 고개를 숙여 얼굴과 귀를 완전히 가린 채였다. 그녀는 일부러 소리가 나도록 음식을 탁 내려놓으면서 말했다.

"점심 왔어요."

"고맙소."

말은 그렇게 하면서도 그는 꼼짝하지 않았다. 그러다가 홀 부인이 나가서 문을 닫자마자, 탁자로 와서 허겁지겁 먹기 시작했다. 주방으로 온

그녀는 겨자 통을 빼먹은 것을 알고, 들고서 응접실로 갔다. 그녀는 문을 두드리자마자 벌컥 열고 들어갔다. 그 순간 손님이 바닥에서 뭔가 하얀 것을 집어 드는 듯한 모습을 언뜻 본 듯했다. 모자와 외투는 난로 앞 의자에 놓여 있었다. 그녀는 단호하게 말했다.

"가져가서 말릴게요."

"모자는 놔두시오."

손님이 웅얼거리는 목소리로 말했다. 그녀가 돌아보자 그는 고개를 들어서 그녀를 바라보고 있었다. 그 순간 그녀는 너무나 놀라서 입을 쩍 벌렸다.

그는 하얀 냅킨을 입에 대고 얼굴을 가리고 있었다. 하지만 정작 그녀가 놀란 이유는 따로 있었다. 파란 안경 위쪽이 온통 흰 붕대로 감겨 있었고, 귀도 마찬가지였다. 뾰족한 분홍색 코만 드러나 있었다. 처음 보았을 때와 똑같이 밝고 윤기 나는 분홍색 코였다.

홀 부인은 손님의 외투를 갖고 나갔다. 그녀는 손님이 사고를 당해 수술을 받아서 붕대를 감고 있는 것이라고 짐작했다.

그는 4시까지 거의 꼼짝하지 않은 채 응접실에 머물렀다. 날이 어둑해지자 자기 방으로 가면서, 홀 부인에게 역에 도착할 짐 상자를 여관까지 운반하는 문제를 집배원에게 이야기했는지 다시 확인했다. 홀 부인이 내일 올 것이라고 하자 그는 설명했다.

"나는 사실 실험 연구자입니다. 상자에 실험 기구와 장비가 들어 있어요. 어서 빨리 실험을 하고 싶어서, 이렇게 서둘러 운반해 달라고 재촉하는 겁니다."

홀 부인은 이해했다는 듯이 고개를 끄덕였다. 그는 말을 계속했다.

"내가 여기로 온 이유는 혼자 있고 싶어서예요. 연구하는 데 방해받고 싶지 않아서요. 게다가 연구를 하다가 사고가…."

"그럴 거라고 짐작했어요."

홀 부인이 중얼거렸다.

"그래서 한적한 곳으로 떠날 필요를 느꼈지요. 눈이 너무 약하고 쉽게 아파 와서 몇 시간씩 어두운 곳에서 지내야 합니다. 스스로를 가두는 거지요. 그럴 때 낯선 사람이 들어와 조금이라도 방해를 하면, 벌컥 화가 치밀어 올라요. 그러니 이해해 주시기를 바랍니다."

"알겠어요, 선생님. 그런데 묻고 싶은…."

"됐습니다."

그는 홀 부인의 말을 끊었다. 부인은 그냥 방을 나와야 했다.

낯선 손님은 이렇게 자신의 특이한 점을 해명하긴 했지만, 홀 부인의 남편인 홀 씨를 비롯한 동네 사람들은 그가 뭔가 수상쩍다는 인상을 지울 수가 없었다.

2월 29일, 진창길을 뚫고 그의 짐이 도착했다. 특이했다. 일반적인 짐도 있었지만, 책이 가득한 상자가 하나 있었다. 아주 두꺼운 책들에다가 글자를 알아볼 수 없을 정도로 휘갈겨 쓴 공책들도 있었다. 또 밀짚 사이에 유리병을 가득 담은 상자도 있었다.

손님은 응접실로 상자를 가져와서 카펫에 지푸라기를 흩날리며 유리병을 하나하나 꺼냈다. 가루가 담긴 통통한 병, 흰색 또는 색색의 액체가 든 작고 홀쭉한 병, 독이라고 적혀 있는 목이 좁은 파란 병, 둥글고 위쪽이 길쭉한 병, 커다란 녹색 병, 커다란 하얀 병, 유리 마개에 서리 같은 물질이 낀 라벨이 붙은 병, 코르크 마개로 막은 병, 나무 뚜껑이 달린 병, 포도주 병, 샐러드 기름병 등등이 서랍장, 벽난로 선반, 창가의 탁자 위, 바닥 가장자리, 책장 등에 죽 쌓였다. 브램블허스트의 약방보다 2배나 많은 듯했다. 총 6개의 상자에서 계속 병이 쏟아져 나왔고, 탁자 위는 지푸라기로 수북했다. 그밖에 시험관도 많았고, 꼼꼼히 싼 저울도 하나 있었다.

손님은 유리병을 다 꺼내자, 창가로 가서 뭔가 실험을 시작했다. 여기저기 널린 지푸라기도, 이미 꺼진 난롯불도, 밖에 있는 책 상자도, 위층으로 옮겨진 가방 같은 짐들도 전혀 신경을 쓰지 않는 듯했다.

홀 부인이 저녁을 가져왔을 때에도, 그는 병에 있는 액체를 시험관에 떨구는 일에 몰두하고 있었다. 부인이 탁자 위의 지푸라기를 쓸어 내고 쟁반을 올려놓고 바닥이 엉망이라고 투덜거리는 소리까지도 듣지 못한 듯했다. 그러다가 그는 문득 잠깐 고개를 홀 부인 쪽으로 돌리다가 재빨리 다시 시험관 쪽으로 돌렸다. 부인은 그의 안경이 탁자 위에 놓여 있는 것을 보았다. 눈구멍이 유달리 움푹 들어간 듯했다. 그는 안경을 다시 쓰고서 그녀를 돌아보았다. 그녀가 바닥이 온통 지푸라기라고 한마디 하려고 할 때 그가 불쑥 말했다.

"들어오려면 노크 먼저 하면 좋겠소."

"두드렸어요. 하지만…."

"그렇군요. 이 실험은 정말로 시급하게 해야 합니다. 조금이라도 방해를 받아서는 안 됩니다. 제발…."

"알았어요, 선생님. 정 그러시다면 문을 잠그세요. 언제든요."

"아주 좋은 생각이군요."

"그런데 이 지푸라기 말인데요…."

"알아서 치우시오. 청소비를 드릴 테니까."

그는 몸을 돌렸다. 부인이 나가자 문이 잠기는 소리가 들렸다. 안은 조용했다.

그러더니 뭔가 흔들리는가 싶더니, 병들이 부딪혀서 나는 소리와 탁자를 쾅 치는 소리, 병이 깨지는 소리가 들렸다. 방 안을 마구 돌아다니는 발소리가 이어졌다. 부인은 뭔가 문제가 생겼나 싶어서 문 앞까지 와서 귀를 기울였지만, 차마 노크를 하지 못했다.

안에서 그의 고함 소리가 들렸다.

"안 돼, 왜 안 되는 거야! 30만 번, 40만 번이나 했는데! 속았어! 평생이 걸릴지도 몰라! … 참자! 인내심을 가져! … 바보! 멍청이!"

응접실 바의 벽돌을 징 박힌 구두로 차는 소리가 들렸다. 홀 부인은 망설이다가 그냥 떠났다. 잠시 뒤 다시 돌아와서 귀를 기울이니, 안은 조용했다. 이따금 의자가 삐걱거리고 병이 부딪치는 소리만 들렸다. 실험을 다시 시작한 모양이었다.

부인이 차를 들고 들어가자, 방구석에 깨진 유리 조각들이 모여 있었고, 한쪽에 노란 얼룩이 있었다. 대충 치운 모습이 역력했다.

"비용 청구해요. 망가진 게 있으면 낼 테니까."

그는 눈도 돌리지 않고 말했다.

손님의 괴팍한 행동으로 홀 부인의 마음속에 점점 불만이 쌓이는 가운데, 동네 사람들의 수군거림도 점점 커져 갔다. 수상쩍은 구석이 너무나 많았기 때문이다. 그는 누군가와 편지를 주고받는 일도 없었다. 게다가 종잡을 수 없이 화를 내곤 했다. 분노가 폭발하여 뭔가를 내던지고 찢고 짓밟고 깬 일도 한두 번 있었다. 늘 화가 나 있는 듯이 보이기도 했다. 또 앞뒤 안 맞게 뭔가 중얼거리는 습관도 있었다.

그는 낮에는 거의 온종일 여관에 틀어박혀 있었다. 땅거미가 질 때에야 춥든 말든 간에 온몸을 꽁꽁 감싼 채 가장 사람이 적게 다니는 길로, 또 나무와 덤불이 우거져서 가장 어둑한 길로 돌아다니곤 했다. 밤에 모자를 푹 눌러쓰고 얼굴을 붕대로 감은 채 커다란 색안경으로 눈을 가린 모습으로 돌아다니는 바람에, 그와 마주치는 사람들은 깜짝 놀라곤 했다. 아이들은 그의 모습을 보고 악몽을 꾸기도 했다.

당연히 마을 사람들은 모이기만 하면 그 수상쩍은 사람을 두고 논쟁을 벌이곤 했다. 홀 부인은 그를 '실험 연구자'라고 말했다. 무슨 실험을 하느냐는 질문을 받으면, 그녀는 으스대면서 가장 많이 배운 사람이나 뭔지 알 것이라고 하면서, 뭔가 발견하는 일을 한다고 설명했다. 사고로 얼굴과 손이 하얗게 되는 바람에 성격이 예민해져서 사람들을 꺼린다고 감싸기도 했다.

그가 경관의 눈을 피해 온 범죄자라고 추측한 사람도 있었다. 하지만 2월에 범죄가 일어났다는 소식은 전혀 없었다. 폭발물을 만들고 있는 무정부주의자라고 주장한 사람도 있었다. 물론 낯선 사람이 나타나면 으레 하는 주장들이었다. 그냥 무해한 정신병자라는 주장도 나왔다.

아무튼 주민들은 그가 싫다는 데 모두가 동의했다. 걸핏하면 화를 내곤 하는 행동은 도시에서 머리를 쓰는 사람이라고 하니 그럭저럭 이해해 줄 수도 있겠지만, 이곳 주민들에게는 의아하기 그지없는 일이 많았다. 이따금 밤에 조용한 모퉁이에서 불쑥 나타나 놀라게 하고, 자신을 향한 모든 호기심을 냉정하게 차단하는 짓을 싫어하지 않을 주민이 어디 있겠는가?

혼자 즐기기

설마 여기까지 올 사람은 아무도 없겠지?

다싫달싶은 얼어붙은 명왕성의 한 산봉우리에 서 있었다. 파르스름한 하늘 아래 희끄무레한 구름 사이로 작은 구슬 같은 태양이 보였다. 진짜로 추위를 느끼지는 못하지만, 온통 얼음과 바위로 뒤덮인 풍경을 보고 있자니 절로 소름이 돋는 듯했다.

"야호!"

다싫달싶은 마음껏 소리를 내질렀다. 물론 안 들리게 설정했으니, 자신의 귀에조차도 전혀 들리지 않았지만. 다싫달싶은 원하는 대로 소리를 지르고 내달리고 썰매를 타고 하면서 명왕성 표면을 돌아다녔다.

혼자서 행성, 아니 왜행성 하나를 다 차지하고 하고 싶은 대로 다 하면서 돌아다니니 속이 시원할 줄 알았는데… 아니었다. 심심했다.

다싫달싶은 마치 잘 닦아 놓은 듯한 넓은 얼음 표면을 찾아냈다. 그곳에서 허공에 마커로 의자와 네모난 탁자를 그렸다. 의자 위에는 푹신한

방석도 올렸다. 이어서 뜨끈한 어묵탕을 탁자 위에 떡하니 놓았다.

"완벽해!"

고개를 숙이고 숟가락으로 국물을 막 떠먹으려는 순간, 다싫달싫은 주변이 시끄러워지는 것을 알아차렸다. 고개를 드니, 주변에서 이런저런 윤곽이 어렴풋이 형성되는 모습이 눈에 들어왔다. 사방에서 얼음과 눈 부스러기를 흩날리며 기둥들이 솟아오르더니, 그 위로 들보와 지붕이 얹히는 모습이 보였다. 그리고 실내 여기저기에 탁자와 의자의 윤곽이 생겨나기 시작했다.

"이게 뭔 일?"

다싫달싫의 입에서 저절로 그 말이 튀어나오고 있을 때, 윤곽만 있던 집이 서서히 불투명해지면서 색깔을 띠기 시작했다. 다 만들어지고 나니 중국 무협 영화에 나오는 것과 비슷한 객잔이었다.

탁자 중에서도 어떤 것은 윤곽 안이 채워지면서 색깔을 띠기 시작했

고, 그 주위에 앉아 있는 사람들, 아니 공룡들도 모습이 보였다. 불투명해졌다고 해도 대부분은 뿌옇고 흐릿한 색깔이었다. 또 대부분 혼자였다. 브라키오사우루스, 알로사우루스, 트리케라톱스, 파라사우롤로푸스… 심지어 익룡도 있었다. 각 탁자 위에는 따뜻한 김이 나는 음식들이 놓여 있었다. 커피나 차, 스프, 부글거리는 찌개, 갓 나온 빵… 아예 야영 도구로 라면을 끓이는 이도 있었다.

현실에서 보는 것과 비슷한 수준까지 선명하게 모습을 드러낸 이들도 있고, 유령처럼 반투명하게 보이는 이들도 있었다. 그리고 음식의 움직임을 통해서 존재를 알 수 있는 이들도 있었다.

투명한 정도는 제각기 달랐지만 훑어보니 한 가지 공통점이 있었다. 모두 혼자 탁자 앞에 앉아 있었다. 탁자와 의자의 모양도, 놓인 음식도 저마다 달랐지만, 모두 혼자서 먹고 있었다. 그러다가 조금 있자니 서로 아는 이를 발견했는지, 인사를 나누고 합석하는 이들도 이따금 보였다.

그러나 남에게 눈길도 안 준 채 혼자서 음미하고 있는 이들이 대부분이었다. 책을 읽거나 태블릿이나 휴대전화를 들여다보는 이들도 있었다.

다싫달싫도 둘러보는 일을 관두고 어묵탕을 먹는 데 집중했다. 따뜻하면서 달콤하면서 짭짜름한 맛이 느껴졌다. 안타깝게도 아직 목구멍으로 넘어가는 느낌까지는 구현하지 못한 듯했다. 그래도 먹으니까 왠지 마음까지 푸근해지는 느낌이었다.

그때였다. 갑자기 저쪽에서 소란이 일었다. 유리 같은 탁자 앞에 옅은 보라색으로 반짝이는 다이아몬드로 이루어진 디메트로돈이 앉아 있었는데, 그 앞에 똑같이 옅은 보라색을 띤 다이아몬드로 이루어진 안킬로사우루스가 둥근 꼬리를 치켜들고 있었다. 몹시 화가 난 듯했다.

"그건 내 전용 복장이거든요?"

안킬로사우루스가 항의하자, 디메트로돈이 커피를 홀짝이면서 심드렁하게 대꾸했다.

"설마요. 이건 옷이 아니라 그냥 몸인데요?"

"말장난하지 말아요. 나는 모습을 드러낼 일이 있을 때마다 그 색깔의 다이아몬드 몸을 했다고요. 여기 오는 사람들은 다 알고 있어요."

"그래요? 나는 왜 몰랐을까요?"

디메트로돈은 자기 손을 보는 시늉을 하면서, 의아하다는 듯이 덧붙였다.

"그런데 이게 뭐 특별한 건가요? 투명한 상태에서 빛이 좀 반사되도록 하면 대충 다 이런 모습이 되지 않나요? 유리나 다이아몬드나 수정이나 에메랄드처럼요."

"그렇지만 실제로 다이아몬드 몸을 하는 사람은 없어요."

"왜요? 예쁘니까 다 할 것 같은데요?"

"너무 튀니까요! 여기는 본래 튀지 않으려는 사람들만 오는 곳이에요!"

안킬로사우루스가 빽 소리쳤다. 그러자 디메트로돈이 천천히 일어나면서 물었다.

"그러면 당신은 왜 튀려고 하나요? 좀 이상하네요?"

그 말에 표정을 알아볼 수 있는 이들이 궁금하다는 표정으로 안킬로사우루스를 쳐다보았다.

"나도 늘 궁금하긴 했어."

누군가가 중얼거리는 소리가 들렸다.

"뭐가 이상해요? 그럼 언제나 보이지 않는 존재로만 살아야 해요? 때로는 눈에 안 띄고 싶기도 하고, 때로는 주목받고 싶기도 하는 게 당연하잖아요?"

그러자 여기저기서 고개를 끄덕였다.

"그러면 주목받고 싶어서 그러는 건가요? 인간관계를 회피하러 오는 이 사람들 앞에서요?"

디메트로돈이 진짜 궁금해하는 것인지, 비꼬는 것인지 애매한 어투로 물었다.

"누가 주목받고 싶어서 그런대요? 난 그냥 내가 좋아서 그러는 거예요!"

"어? 조금 전에는 주목을…."

"그건 내가 그렇다는 게 아니라, 일반적으로 사람들이 그렇다고 말한 거잖아요. 튀고 싶어 하는 사람이 왜 여기로 오겠어요? 그런 사람들끼리만 모이는 공간도 많은데. 여기는 그냥 눈에 띄지 않고 조용히 있다가, 필요할 때만 자신이 원하는 모습으로 잠깐 모습을 드러내는 곳이에요."

그러자 디메트로돈이 안킬로사우루스에게 고개를 숙였다.

"잘 알겠습니다. 충분히 이해했습니다. 일부러 모습을 흉내 내어 시험해 봤네요."

그 말에 사람들이 웅성거리기 시작했다.

시험하다니? 뭘? 다섮달십이 의아해할 때 디메트로돈이 말을 계속했다.

“저는 회사 쪽에서 나왔습니다. 다 아시겠지만, 이런 가상 현실 공간을 운영하는 데에는 돈이 꽤 많이 듭니다. 물론 패션, 게임, 사교 같은 영역에서는 광고와 아이템 판매 등을 통해서 수익을 올리고 있어요. 하지만 이 공간이 문제예요. 언뜻 보면 아무도 없이 거의 언제나 텅 비어 있는 것처럼 보이거든요. 그러니 광고주가 달라붙을 리가 없죠. 게다가 대부분 벗고서 돌아다니기만 할 뿐이니까 아이템도 팔릴 리가 없고요. 어쩌다가 이런 다이아몬드 몸 아이템 같은 것이 팔릴 뿐이지요.”

“그래서요?”

말이 한없이 길어질 것 같자, 안킬로사우루스가 참지 못하고 물었다. 디메트로돈의 몸속에서 갑자기 환한 불빛이 일어나더니, 천천히 약해지

회사는 여러분이
모임을 만들길 바랍니다.

면서 사라졌다. 발끈한 성질을 가라앉힌다는 의미인 듯했다.

"회사는 이용자 여러분이 스스로 모임을 만들었으면 하고 바랍니다. 지금처럼 그냥 각자 혼자서 돌아다니는 것도 좋지만, 모이는 자리도 있으면 좀 낫지 않을까 하는 거죠. 취미 모임이든, 친목 모임이든, 지역 모임이든 다 좋아요. 아예 이 공간을 자율적으로 운영하는 모임을 만들면 더 좋고요."

"하지만 그런 게 싫어서 여기 오는 사람들인데요?"

안킬로사우루스가 반문하자, 디메트로돈은 고개를 끄덕이면서도 손을 내저었다.

"아까 말씀하셨지요? 늘 보이지 않기만 원하는 것은 아니라고요. 때로 모여서 이야기를 나누거나 놀고 싶을 때도 있지 않을까요? 자, 좀 전에 어떤 일이 있었는지 보세요. 모두 투명 인간이 되어서 혼자 돌아다니고 있었죠? 그러다가 저기 한 분이 어묵탕을 먹으려고 모습을 드러

내자, 다른 분들도 따라했잖아요? 생각은 하고 있었는데 실행에 옮길까 말까 고민하던 차에, 저 이용자 분이 계기를 마련한 거죠."

디메트로돈이 자신을 가리키고, 다른 이들의 시선도 자신에게 향하자 다싫달싶은 부끄러워졌다. 윤곽만 드러날 듯 말 듯 한 상태였음에도, 다시 모습을 감출까 하는 생각이 밀려들었다. 하지만 사람들이 주목하고 있는데 사라진다는 것이 왠지 예의에 어긋난 것도 같았다. 이러지도 저러지도 못하고 있는데, 안킬로사우루스가 다시 어깃장을 놓았다.

"그건 그냥 군중 심리잖아요? 딱히 모임이라고 할 만한 것도 아니고요."

그러자 디메트로돈은 빙긋 웃는 표정을 지으면서 말했다.

"맞습니다. 그렇긴 해도 사실 회사 입장에서는 감지덕지죠. 아무튼 사람들이 모인 거니까요. 그래서 이런 객잔도 일부러 마련한 겁니다. 물론 이것도 일종의 심리를 이용한 겁니다. 경치 좋은 곳에 이렇게 앉기 좋은

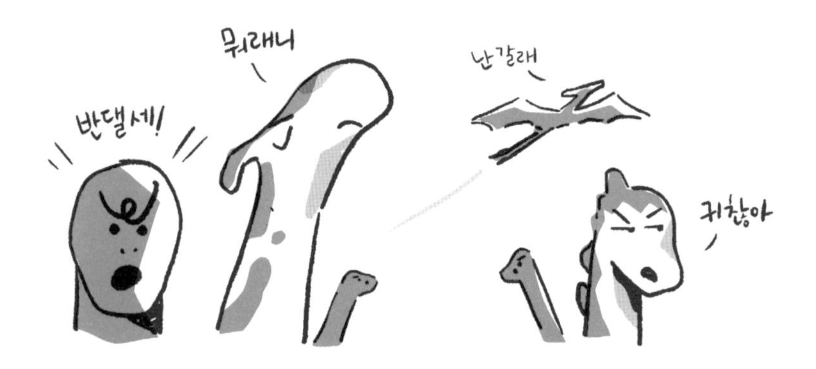

곳이 있으면, 사람들이 모이게 마련인 거죠. 회사는 이런 시설을 각 경관에 한두 곳씩 마련할 계획이에요."

"난 싫어요."

"나도 좋은 생각 같지가 않은데…."

"피할 곳이 생기는구나."

곳곳에서 반대하는 말이 들렸다. 그러자 디메트로돈은 다급하게 양손을 내저었다.

"아, 눈에 보이게 만드는 게 아니에요. 그냥 터만 보이는 거예요. 이용자 중 누군가가 그곳에서 모습을 드러낼 때에만 눈에 보이도록 할 거예요."

"그렇게 해도 모임이 생길 것 같지는 않은데요? 이곳 이용자들의 성향을 볼 때."

안킬로사우루스가 부정적인 말을 내뱉자, 디메트로돈은 입술을 깨무

는 시늉을 했다. 왠지 다이아몬드가 부딪히는 소리가 들리는 듯했다.

"괜찮습니다. 첫술에 배부를 리가 없죠. 그냥 좀 변화를 일으킬 분위기를 조성하는 차원이니까요. 저로서는 회사가 원하는 바를 말씀드린 겁니다. 이용자 분들이 따라야 할 이유는 전혀 없지요. 그냥 마음 내킬 때 이용하시라고 전하는 것일 뿐입니다."

"알림으로 해도 될 것을…."

누군가가 투덜거리자, 디메트로돈은 재빨리 답변했다.

"맞습니다. 하지만 이쪽 가상 현실을 이용하는 분들은 너무 투명해서요. 알림조차 안 보이는 듯이 통과하는 분들이 대부분이에요. 회사로서는…."

하지만 이때쯤에는 이미 많은 이들이 모습을 감춘 상태였다. 객잔에 수십 개나 늘어서 있던 탁자들이 어느새 거의 다 사라지고 대여섯 개만 남아 있었다.

다싫달싫도 눈치를 살피면서 슬그머니 모습을 감추려 했다. 안킬로사우루스도 이미 희미해지고 있었다. 그러다가 다이아몬드가 반사하는 빛이 다시 밝아졌다.

“참, 궁금한 게 있어요. 왜 내 흉내를 낸 거죠?”

안킬로사우루스가 화난 어조로 묻자, 디메트로돈은 미안하다는 듯이 손을 비벼 대면서 말했다.

“선생님이 눈에 확 띄어서요. 모임을 이끌 주도적인 역할을 할 수 있을까 싶어서….”

디메트로돈이 말을 채 끝내기 전에, 안킬로사우루스는 순식간에 모습을 감추었다. 디메트로돈은 허탈한 표정으로 내뱉었다.

“이런!”

다싫달싫도 디메트로돈이 고개를 돌리려고 하는 순간 모습을 감추었다.

가상 현실과 증강 현실

가상 현실 헤드셋이 처음 나온 것은 무려 50여 년 전인 1960년대였다. 그리고 컴퓨터로 가상 현실을 실제로 구현한 것은 1980년대였다. 그러나 실감 나는 가상 현실을 구현하기에는 당시 컴퓨터의 성능이 너무 떨어졌다. 그래서 그 뒤로 가상 현실은 약 20년 동안 거의 아무도 돌보지 않는 곳에 처박혀 있었다.

가상 현실이 다시 세상에 등장한 것은 2016년이었다. 그사이에 컴퓨터의 성능이 놀라울 만치 발전한 덕분이었다. 그래서 이제는 꽤 실감 나게 가상 현실을 경험할 수 있다. 게다가 증강 현실 기술도 빠르게 발전하고 있다. 날이 갈수록 현실과 가상 세계를 더욱더 매끄럽게 뒤섞는 장치들이 나올 것이다.

가상 현실과 증강 현실은 실제로 없는 것을 있는 양 느끼게 하는 기술이다. 실제로 겪고 있는 양 뇌를 속인다. 가짜 경험을 뇌가 진짜라고 믿는 것을 '현존감'이라고 한다. 지금은 주로 시각과 청각을 이용하여 현존감을 일으키지만, 촉각, 후각, 미각 등 다른 감각들까지 활용하는 기술들이 개발되고 있다. 오감을 다 이용하여 현존감을 일으킬 수 있다면, 가상 현실은 진짜 현실과 구별할 수 없이 매끄럽게 연결될 수 있다.

가상 현실과 증강 현실이 현실과 구별할 수 없을 만치 발전한다면, 우리는 그 기술을 어떤 쪽으로 이용할 수 있을까? 이 책에서는 그런 가능성 중 하나에 초점을 맞추었다.

가상 현실(VR): 눈앞의 불투명한 화면에서 펼쳐지는, 진짜처럼 느껴지는 인공 세계.

증강 현실(AR): 현실에 겹쳐져 보이는 인공 세계. 스마트폰용 증강 현실 앱도 많이 나와 있다.

혼합 현실(MR): 대개 증강 현실의 동의어로 쓰이며, '증강'보다 '혼합'이 더 적절한 용어라고 보는 사람들도 있다. 또 현실에 가상 현실을 겹치는 대신에 거꾸로 가상 현실에 현실을 들여놓는 방식도 혼합 현실이라고 한다.

종합 현실(SR): 위의 용어들을 다 포함하는 말.

※ 앞으로 기술이 발전할수록 새로운 용어가 나오거나 이런 용어의 의미가 달라질 가능성도 얼마든지 있다.

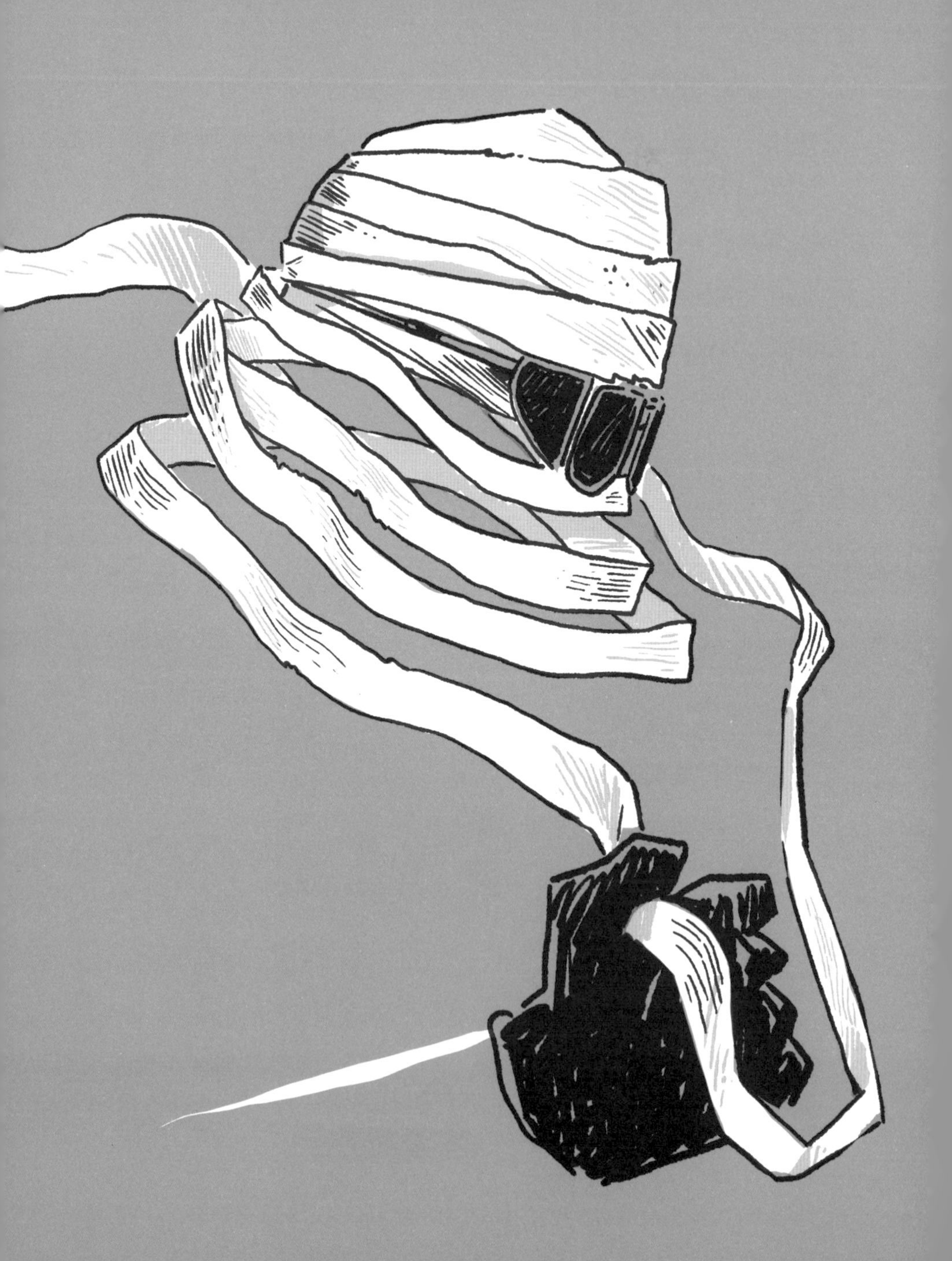

드러난 정체

아이핑의 동네 의사인 커스도 점점 호기심을 느꼈다. 특히 붕대로 얼굴을 칭칭 감싸고 있다는 사실이 그의 직업적 흥미를 끌었다. 그리고 병이 1,001개나 있다는 말에 질투심도 일었다. 4~5월 내내 커스는 그 이방인과 이야기를 나눌 기회를 노렸다. 커스는 홀 씨가 손님의 이름도 모른다는 것을 알고 놀랐다. 홀 부인은 그가 이름을 말하긴 했는데, 자신이 제대로 못 들은 것 같다고 했다. 자신이 어리석은 사람처럼 보일까 봐 그렇게 말한 듯했다.

이윽고 도저히 호기심을 참지 못한 커스는 응접실 문을 두드리고는 홱 열었다. 안에서 다급하게 뭔가를 하는 소리가 들렸다. 그는 꽤 큰 소리로 기척을 냈다.

"미안해요, 좀 들어가겠습니다."

10분 뒤 갑자기 비명 소리와 의자가 넘어지는 소리가 들리더니, 문이 벌컥 열리고 커스가 뛰쳐나왔다. 그는 하얗게 질린 얼굴로 어깨 너머로 뒤를 돌아보았다. 안에서 깔깔거리며 웃는 소리가 들렸다. 커스는 황급히 여관을 나서서 도로까지 한달음에 뛰쳐나갔다. 그는 곧장 교구 신부 번팅의 집까지 달려가서 문을 벌컥 열고 들어갔다.

"내가 미친 걸까? 지금 내 정신이 온전해 보여?"

다음에 설교할 글을 읽고 있던 신부는 고개를 들었다.

"무슨 일이야?"

"일단 마실 것 좀."

신부가 지닌 유일한 음료인 싸구려 술을 한 잔 마시면서, 놀란 가슴을 좀 진정시킨 뒤 그는 설명을 했다.

"간호사 기금에 기부 좀 해 달라는 핑계로 수상쩍은 여관 손님을 찾아갔지. 실험을 한다는 말을 들었다고 하니까, 그가 이야기를 하기 시작했어. 매우 귀중한 처방전을 받았는데 열린 창문으로 바람이 불어서 처방전이 벽난로 안으로 들어갔다는 거야. 불이 붙은 처방전이 굴뚝으로 올라가려 해서 재빨리 손을 뻗었대. 그 이야기를 하면서 그가 손을 뻗었거든."

"그런데?"

"맙소사! 손이 없는 거야. 그냥 소매밖에 없었어! 나는 기형인가 하고 생각했는데, 뭔가 이상했어. 소매 안에도 아무것도 없는 거야. 팔꿈치까지도. 트인 옷자락을 통해 빛줄기가 그냥 비쳐 들어왔어. 그는 자기 소매를 흘깃 보더니 재빨리 주머니에 넣었어. 빈 소매를 어떻게 움직이냐고 물었지. 그랬더니 뭐라고 했는지 알아?"

"뭐라고 했는데?"

"이게 빈 소매로 보여요? 하고는 벌떡 일어서서 가까이 다가왔어. 그러더니 갑자기 주머니에서 손을 빼 내게 내밀었어. 다시 보라는 투로 말이야. 아주 천천히. 맙소사! 아무것도 없는 거야. 갑자기 소름이 끼쳤어. 안이 그냥 보였어. 그는 천천히 내게 팔을 쭉 뻗었어. 빈 소매가 정말 기이하게 내게 다가왔어. 소매 단추가 15센티미터쯤 다가왔을 때, 뭔가가 내 코를 꼬집었어. 엄지와 검지 같았어."

"정말?"

"그런데 아무것도 없었어. 나는 그의 소매 단추를 탁 쳤어. 그런데 팔을 칠 때와 똑같은 느낌이 났어. 팔이 없는데 말이야!"

"정말 놀라운 이야기군그래."

신부는 그렇게 말하면서 커스를 바라보았다. 하지만 딱히 진짜라고 믿는 것 같지는 않았다.

아무튼 날이 갈수록 동네 사람들의 의구심은 점점 커져 갔다. 이윽고 며칠 뒤 일이 벌어졌다.

홀 씨 부부는 몰래 맥주에 물을 타서 팔고 있었는데, 새벽에 지하실에 갔다가 맥주가 묽어진 것을 알아차리지 못하게 섞는 사르사 뿌리 술을 방에 놓고 온 것을 깨달았다. 홀 씨는 술병을 가지러 자기 방으로 가다가 낯선 손님의 방문이 빼꼼 열려 있는 것을 보았다. 늘 닫혀 있던 터라 이상하다 느꼈다.

고개를 갸웃거리면서 홀 씨는 술병을 갖고 나와서 아래층으로 내려왔다. 그러다가 여관 문의 빗장이 열려 있는 것을 보았다.

'분명히 걸어 두었는데?'

그는 이상한 생각이 들어서 위층으로 올라가서 낯선 손님의 방문을 두드렸다. 대답이 없자, 그는 문을 벌컥 열고 들어갔다.

방 안에는 아무도 없었다. 더욱 이상한 점은 늘 입고 있던 단벌옷과 붕대가 여기저기에 흩어져 있었다는 것이다. 모자도 침대 기둥에 걸려 있었다.

홀 씨는 지하실로 가서 아내에게 그 이야기를 했고, 둘은 손님의 방으로 올라가서 살펴보았다.

"다 벗고 어디를 간 거지?"

홀 부부가 이상하게 생각할 때, 경악할 일이 벌어졌다. 갑자기 이불이 저절로 뭉치더니 침대 너머로 휙 날아갔다. 이어서 모자가 빙빙 돌면서 홀 부인을 향해 날아왔다. 곧이어 의자 위에 걸쳐 있던 외투와 바지가 휙 내던져졌다. 그리고 낯선 손님이 내는 듯한 비웃음 소리가 들리더니, 의자가 갑자기 네 다리를 치켜 올리면서 홀 부인을 향해 달려들었다.

홀 부인은 비명을 지르며 몸을 돌렸다. 의자는 홀 부부의 등을 떠밀어 내쫓았다. 이어서 방문이 쾅 닫혔다.

홀 씨는 거의 실신하기 직전인 부인을 껴안고 내려와서 진정제를 먹였다.

“유령이야.”

홀 부인은 중얼거렸다.

“미리 알았어야 했는데…. 그 사람이 내 가구에 유령을 집어넣은 게 분명해요. 어릴 때 우리 엄마가 즐겨 앉던 의자에다가 말이에요! 그 의자가 내게 대들었다고요!”

그들은 대장장이인 샌디 와저스에게 의자 좀 봐 달라고 부탁했다. 그러자 참견하기를 좋아하는 길 건너편 잡화점의 헉스터와 점원도 따라왔다. 그들이 복도에서 서성거리는데, 갑자기 위층 손님의 방문이 저절로 열렸다. 놀랍게도 평소처럼 얼굴을 붕대로 감고 색안경을 쓴 사내가 서 있었다. 사내는 천천히 내려오더니 복도를 지나 지하실 문을 가리켰다. 놀랍게도 홀 씨가 사내의 방에 놓고 나온 사르사 술병이 문 앞에 놓여 있었다.

사내는 응접실로 들어가더니 문을 쾅 닫았다. 그들은 멍하니 서 있었다. 잠시 뒤 해명을 듣겠다고 생각한 홀 씨는 용기를 내어 응접실 문을 두드리고 문을 열었다.

“실례합….”

그 순간 고함이 터져 나왔다.

“꺼져! 문 닫아!”

홀 씨는 그냥 물러날 수밖에 없었다.

사내가 응접실에 들어간 것은 5시 반이었다. 그는 한낮이 될 때까지 모습을 드러내지 않았다. 사내는 초인종을 세 번이나 울렸지만, 홀 씨 부부는 껄끄러워서 응답하지 않았다.

"아까 꺼지라고 했잖아. 가서 뭐 해?"

응접실 안에서 이따금씩 쿵쿵거리는 소리, 욕설, 병이 깨지는 소리가 들리곤 했다. 아래층에 있는 사람들은 겁을 먹긴 했지만, 한편으로 무슨 일이 벌어지고 있는지 궁금해하는 사람들이 여관으로 모여들었다. 호기심이 동한 젊은이들은 바깥에서 응접실 창 안을 들여다보는 시늉도 했다. 블라인드 때문에 아무것도 보이지 않았지만.

정오쯤 그가 갑자기 응접실 문을 벌컥 열고는 술청에 모여 있는 사람들을 노려보면서 소리쳤다.

"홀 부인!"

홀 부인은 잠시 생각한 끝에, 작은 쟁반에 청구서를 들고 나왔다.

"밀린 숙박료를 내실 건가요?"

홀 부인이 묻자 사내는 화를 내면서 말했다.

"아침 식사를 왜 주지 않는 거요? 초인종을 눌러도 왜 오지 않는 거요?"

"숙박료를 왜 안 내는 거죠?"

"사흘 전에 말했잖소. 송금을 기다리고 있다고."

"못 기다린다고 말했을 텐데요. 닷새째 밀리고 있으니까요. 그러니까 아침 식사가 늦는다고 불평하면 안 되지요. 안 그래요?"

그러자 사내는 욕설을 내뱉었다.

"좋아요. 송금이 늦어지고 있긴 하지만, 그래도 주머니에 얼마쯤…."

"이상하네요? 이틀 전에 말하지 않으셨나요? 주머니에 은화 한 개밖에 없다고요."

"뒤져 보니까 더…."

"어디서 찾아냈을까요? 궁금하네요."

"무슨 뜻입니까?"

여관에 모인 사람들은 바로 그날 새벽 4시쯤에 사제관에 도둑이 들었다는 소식을 전해 들은 상태였다. 교구 신부인 번팅 부부는 집 안에서 누군가 움직이는 소리를 듣고, 서재로 향했는데 뒤지는 소리만 들릴 뿐 사람은 전혀 보지 못했다. 그들이 서재를 둘러보는 데 바깥으로 향한 부엌문이 쾅 닫히는 소리가 들렸고, 부부는 집 안의 돈이 사라진 것을 알아차렸다.

그러니 갑자기 돈이 생겼다는 사내의 말에 홀 부인을 비롯한 사람들이 수상쩍게 생각한 것도 무리가 아니었다. 홀 부인은 내친 김에 더 퉁명스럽게 내뱉었다.

"그 돈을 받거나 식사를 차려 오기 전에 해명을 듣고 싶군요. 나뿐 아니라 여기 있는 사람들도 다 알고 싶을 거예요. 내 의자에 대체 무슨 짓을 한 거죠? 그리고 아까는 방이 비어 있었는데, 대체 어떻게 들어온 거죠? 또….”

그 순간 사내가 장갑 낀 손을 꽉 쥐고는 번쩍 치켜들며 소리쳤다.

“그만!”

그 말투가 너무나 무시무시해서 홀 부인은 입을 다물었다.

“좋아, 내가 누군지 보여 주지!”

그는 손을 얼굴에 대었다가 떼었다. 그 순간 얼굴 한가운데 검은 구멍이 보였다. 그는 앞으로 다가와서 홀 부인에게 무언가를 내밀었다. 홀 부인은 무의식적으로 그것을 받았다가 비명을 지르면서 내던졌다. 바닥에 떨어진 것은 분홍빛으로 빛나는 사내의 코였다.

사내는 안경을 벗었다. 그리고 모자를 벗더니, 구레나룻을 확 떼어 냈다. 이윽고 붕대를 잡아 뜯으려 했다. 붕대는 잘 벗겨지지 않다가 이윽고 벗겨져 나갔다.

그 순간 홀 부인은 비명을 지르며 현관을 향해 달아났다. 다른 사람들도 따라서 달아났다. 그들은 붕대 안에 흉터가 나 있거나 기형적인 얼굴이 있을 것이라고 짐작했다. 그런데 아니었다. 붕대 안에는 아무것도 없었다. 텅 비어 있었다!

사람들은 비명을 지르면서 허겁지겁 여관 밖으로 뛰쳐나갔다. 홀 부인은 넘어졌고, 바로 뒤에 있던 사람은 펄쩍 뛰어넘었다.

마침 축제 기간이라서 길에 모여 있던 사탕 장수, 오락실 주인, 곡예사, 구경꾼 등이 무슨 일이 일어났나 싶어서 여관을 향해 우르르 몰려갔다. 순식간에 40여 명이 여관 앞에 모였다. 사람들이 웅성거리고 있는데, 뒤쪽에서 홀 씨가 순경인 재퍼스, 대장장이인 와저스와 함께 다가왔다. 사람들은 길을 비켜 주었다. 재퍼스는 영장을 들고 왔다.

그들이 안으로 들어가니, 머리 없는 몸통이 빵과 치즈를 들고 있었다.

"머리가 있든 없든 영장에 '신체'라고 적혀 있으니까, 내 의무를…."

그 순간 갑자기 그가 빵과 치즈를 던졌다. 홀 씨는 탁자 위에 있는 칼을 재빨리 낚아챘다. 사내의 왼쪽 장갑이 재퍼스의 얼굴을 때렸다. 재퍼스는 사내의 손목을 잡는 동시에 보이지 않는 목을 움켜쥐었다. 그러자 사내는 재퍼스의 정강이를 걷어찼고, 그들은 서로 드잡이질을 하면서 다투다가 의자에 걸려서 쿵 하고 넘어졌다.

"발을 잡아요."

재퍼스의 말에 홀 씨가 사내의 발을 잡으려다가 옆구리를 걷어차였다. 사내는 재퍼스 위로 올라탔다. 그 순간 헉스터와 마부도 방으로 들어왔다. 그러자 사내가 소리쳤다.

"항복하겠소."

사내는 헐떡이면서 몸을 일으켰다. 재퍼스는 수갑을 꺼냈다.

"이런, 어디다 채워야 하지?"

사내는 헐떡이면서 훈계하듯이 말했다.

"당신들에게 안 보일지라도 내 몸은 온전히 다 있소. 머리도 손도 다리도 다. 난 투명 인간이라오."

안 보이는 몸에 걸쳐져 있는 옷이 두 팔을 구부린 채로 일어섰다.

“투명 인간? 그런 게 있어?”

“이상하긴 해도 범죄는 아니오. 그런데 경찰이 왜 나를 공격하는 거요?”

그러자 재퍼스가 말했다.

“그건 다른 문제요. 내가 당신을 체포하려는 것은 투명 인간이라서가 아니라, 절도죄 때문입니다. 어떤 집에 도둑이 들었거든요.”

“그런데요?”

“정황상 분명히….”

“말도 안 돼!”

“저도 그러기를 바랍니다. 하지만 영장이 나왔으니까요.”

“좋아요. 가죠. 하지만 수갑은 차지 않겠어요.”

“어쩔 수 없어요. 규정이라서요.”

그러자 사내는 의자에 앉았다. 사람들이 무슨 일이 벌어지는지 채 알아차리기도 전에 갑자기 슬리퍼와 양말, 바지가 날아갔다. 이어서 그는 벌떡 일어나더니 외투를 내던졌다.

“멈춰!”

재퍼스는 사내가 무슨 짓을 하는지 깨닫고서 조끼를 움켜쥐었다. 하지만 조끼는 사내의 몸에서 쑥 빠져나왔다.

“잡아! 옷을 다 벗으면….”

그러자 모여 있던 사람들이 펄럭거리는 흰 셔츠를 향해 달려들었다. 이제 사내의 몸에 걸쳐 있는 것은 그 셔츠뿐이었다.

셔츠 소매가 달려들던 홀 씨의 얼굴을 강타하더니, 셔츠가 위로 치켜 올려졌다. 사내는 셔츠를 위로 벗으려 하고 있었다. 재퍼스가 움켜쥐었지만, 오히려 셔츠가 벗겨지는 것을 돕는 꼴이 되었다. 곧이어 사람들은 마구 얻어터지기 시작했다. 불리해지자 사람들은 문으로 몰려갔지만, 한꺼번에 몰리는 바람에 빠져나가지 못했다. 그사이에 주먹질은 계속되었다. 앞니가 부러진 사람, 귓방망이를 얻어맞은 사람, 턱을 맞은 사람도 있었다.

그 와중에 재퍼스는 투명 인간을 잡아서 다시 뒤엉켰다. 둘은 격투를 벌이면서 현관을 향해 움직였다. 하지만 계단에서 재퍼스는 빙 돌면서 땅바닥에 머리를 들이박았다. 사람들이 잡으라고 소리를 쳤지만, 아무것도 보이지 않았다. 그때 길 한가운데에서 개를 데리고 지나가던 여자가 비명을 질렀다.

그것을 끝으로 투명 인간은 모습을 감추었다.

숨바꼭질

"웃기는 짓이지. 사람이 싫어서 여기로 오는 사람들에게 모임을 만들라고 하다니. 안 그래?"

콤프소그나투스가 홍차를 홀짝이면서 투덜거렸다. 왼손으로는 서커스를 하듯이 찻잔 받침을 빙빙 돌리고 있었다.

둘은 토끼 얼굴 모양의 탁자에 마주보고 앉아 있었다. 누군가 올 때마다 탁자가 하나씩 생겨났다. 아니, 탁자가 생겨날 때 누군가 왔다는 것을 알 수 있었다. 탁자 위에 찻잔과 케이크 같은 음식물이 나타난 뒤에야 당사자가 모습을 드러냈으니까.

"그래도 이 장소는 마음에 들어."

장미 울타리 사이의 입구 쪽 기둥에는 '투명 인간 마술사의 다과회'라는 팻말이 걸려 있었다.

"이렇게 멋진 장소들을 꾸며 놓았다면, 저절로 모임이 생길 것도 같네. 안 그래?"

다싫달싫은 일부러 대꾸를 하지 않은 채 과자를 집어먹고 있었다. 나름 노골적인 거부 의사였지만, 콤프소그나투스는 개의치 않는다는 양 주저리주저리 떠들어 대고 있었다.

"하긴, 사람이 본래 그래. 진정으로 혼자 있고 싶은 사람은 없을 거야. 상처를 주지 않을 사람을 찾아내느냐가 문제지. 그런 사람이 있다면 얼마든지 같이 있어도 상관없지 않겠어? 그렇게 생각하면 또 그래. 왜 사람은 서로에게 상처를 줄까? 재미있어서? 그냥 자기 불만을 누군가에게 쏟아 내고 싶어서? 아니면 눈치가 빵점이라서?"

콤프소그나투스가 목소리를 높일수록 왼손 검지 위에서 찻잔 받침이 돌아가는 속도도 점점 빨라졌다. 저러다가 금방이라도 어디론가 휙 날아갈 것 같았다. 다싫달싫은 콤프소그나투스가 차가 아니라 술을 마시고 있는 건가 하는 생각이 들었다.

"저, 근데요. 말을 막아서 죄송하지만, 혼자 있고…."

참다못한 다싫달싫은 입을 열었지만, 콤프소그나투스는 못 들었는지 계속 떠들어 댔다. 아니, 못 들은 척하는 것 같기도 했다.

"그러면서도 아닌 척하는 건 뭐야? 뭐, 내게 상처를 준 적이 없다고? 그냥 인사만 하고 지나치는 사이라고? 서로 제대로 말 한번 나눈 적이 없다고? 그냥 업무 관계로 만나는 사이라고? 언제 진지한 대화를 한 적이 있냐고? 그런데 무슨 상처를 줬냐고? 그래, 그래 놓고도 모른다는 거잖아! 너희가 날 투명 인간 취급해 놓고서!"

콤프소그나투스가 빽 소리를 내지르는 순간, 찻잔 받침이 저쪽 탁자에 엎드려 자고 있는 생쥐를 향해 날아갔다.

'앗, 위험해!'

다싫달싫은 생쥐에게 소리쳐서 경고하려다가, 문득 생쥐가 이용자가 아니라 이곳의 배경 캐릭터 중 하나라는 생각이 들었다. 찻잔 받침은 생쥐 몸에 닿기 직전에 쨍그랑하고 깨지면서 흩어졌다.

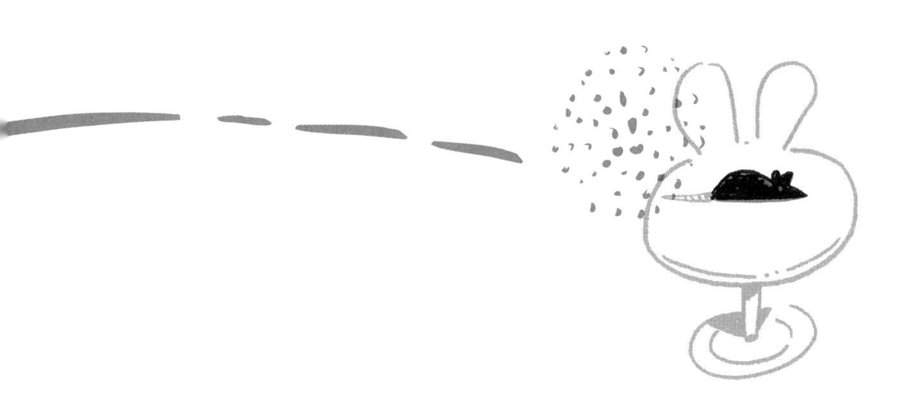

다싫달싶은 갑자기 이 상황에 짜증이 났다. 왜 내가 여기서 이 한탄을 듣고 있어야 하는 거지?

"저기요, 투명 인간 맞거든요!"

그 순간 갑자기 침묵이 찾아왔다. 다싫달싶은 얼굴이 달아오르는 것을 느꼈다. 이 말을 하려던 게 아닌데 갑자기 이 말이 왜 튀어나온 거야? 설마 아바타도 빨개지는 건 아니겠지?

머릿속에 그런 생각들이 마구 떠오르고 있는데, 앞에 앉은 콤프소그나투스는 멍하니 입을 벌린 채 꼼짝하지 않고 있었다. 그 말에 충격을 받은 것이 분명했다. 다싫달싶이 어쩔 줄 몰라 하고 있을 때, 콤프소그나투스가 갈라진 목소리로 말했다.

"그 투명 인간이 이 투명 인간하고 같니?"

"죄송해요. 저도 모르게 그만…."

콤프소그나투스는 화를 낼 듯하다가 울먹거리기 직전의 표정을 짓더

어쩌죠? 내가 상처 준 듯.

니, 투명해져서 사라졌다.

잠시 뒤 누군가가 킥킥거리는 소리가 들렸다. 그 소리 덕분에 얼어붙었던 분위기가 다시 바뀌면서 여기저기서 움직임과 소리가 나타나기 시작했다. 어린 무사우루스가 다싫달싫에게 말했다.

"여기서 저 콤프소그나투스는 유명해. 새로운 이용자가 나타나면 늘 저렇게 대놓고 신세 한탄을 하거든. 상대방은 멋모르고 있다가 하염없이 붙들려 있는 거지. 나는 한 시간이나 붙들려 있었는데. 넌 정말 대단하구나. 십 분도 안 돼서 끝냈잖아. 저러면 당분간 안 올 것 같은데?"

"어떡하죠? 내가 상처를 준 것 같은데."

"뭐, 그럴 수도 있겠지만, 여기 오는 사람들한테는 좋은 일을 한 거야. 콤프소그나투스에게 피해를 입은 사람이 꽤 되거든. 콤프소그나투스는 위로를 받고 싶은 게 아니라, 스트레스를 풀려고 오는 것 같아. 그러면서 엉뚱한 사람들한테 스트레스를 안겨 주는 거잖아. 여기서 사실 남의

이야기를 들어 줄 만큼 여유가 있는 사람이 얼마나 되겠어? 자신이 달아나고 싶어서 여기로 오는 건데. 너는 안 그래?"

"음… 저도 그렇죠…."

"뭐, 이론적으로 보면 모든 인간관계는 쌍방향이지. 콤프소그나투스는 자신이 투명 인간 취급을 받았다고 열을 내지만, 상대 쪽은 다르게 생각할지도 몰라."

무사우루스는 다싫달싶을 가만히 쳐다보았다. 뭔가 대답을 하라는 듯했다.

"음, 계속 무시당하다 보니까, 저렇게 된 것일 수도 있겠죠."

무사우루스는 고개를 끄덕였다.

"그래, 나도 그렇게 좋은 쪽으로 생각하고 싶어. 그런데 난 반말인데, 넌 왜 존댓말이니?"

"네? 다 저보다 나이가 많은…."

"내 아바타도 어린 공룡이잖아. 여기서 어린 공룡은 청소년이라는 뜻이야. 우리는 같은 새끼 공룡이니까 그냥 말 놓는 게 어때?"

다싫달싫은 그 순간 상대가 자기보다 더 어리다는 느낌을 받았지만, 그냥 고개를 끄덕였다. 그러자 무사우루스는 다시 다싫달싫을 빤히 쳐다보았다.

"왜? 그러자고!"

"흐음, 보니까 너는 무기력증에다가 세상만사 다 귀찮다는 쪽이구나."

다싫달싫은 깜짝 놀라면서 뜨끔했다.

"어? 어떻게 알았어?"

"내가 여기 초창기 이용자거든. 많은 사람을 접하다 보니까, 그냥 짐작이 가. 아, 물론 네가 현실에서 어떤 일을 겪고 있는지는 짐작하고 싶지 않아. 내 삶도 벅찬데 남의 인생에까지 신경 쓰고 싶지 않으니까."

"그건 여기서 터득한 지혜야?"

"그럴지도. 투명 인간으로 돌아다니다 보면, 보이는 게 꽤 많으니까."

무사우루스는 주위를 둘러보았다. 다싫달싶도 따라서 둘러보았다. 아까보다 사람이 꽤 늘어나 있었다. 여기저기에 커다랗게 핀 화려한 꽃들 사이로 생쥐와 토끼, 다람쥐 같은 동물들이 뛰어다니면서 유쾌한 분위기를 조성하고 있었다.

"나는 여기가 꽤 마음에 들어. 여기 투명 인간용 가상 공간은 대부분 그렇지 않거든. 조용하고, 차분하고, 고즈넉하고, 감상적이고, 명상을 자극하고, 마음을 가라앉히는, 뭐 그런 것들 있잖아."

"한마디로 혼자 있기 좋은 곳이라는 거지?"

"그래, 한마디로 심리 안정용이지. 너는 투명 인간이 되고 싶은 이유가 뭐라고 생각해? 현실에서 가능하다고 한다면 말이야."

"글쎄. 몰래 돌아다닐 수 있다는 거?"

무사우루스는 다시 다싫달싶을 빤히 보면서, 고개를 끄덕였다.

“그럼 그렇지. 청소년의 생각이란 본래 유치하니까. 뻔히 보인다.”

“어, 그게 아니라….”

“이 공간을 만든 사람들의 생각은 더 고상해. 뭔가 마음을 가라앉힐 일이 있는 사람들이 오라는 거야.”

“그거야 알지. 그래서 나도 온 거니까.”

“그런데 내 생각에 여기는 일종의 실험 공간 같아. 그냥 아무 생각 없이 즐거운 광경을 보려는 사람들도 있지 않을까 알아보려고 말이야.”

“어, 내가 생각한 게 그거였어. 투명해져서 남의 즐거운 모습을 지켜보면 마음이 푸근해질 것 같다는….”

“놀고 있네. 그런 애가 얼어붙은 행성을 몇 시간씩 쏘다니냐?”

할 말을 잃은 다싫달싫은 재빨리 말을 돌렸다.

“그런데 여기 주인공이 어디 있는 거지? 마술사는 누구야?”

그러자 무사우루스가 묘한 표정을 지으면서 웃음을 띠었다.

"응? 누군지 알아?"

"알지. 오랜만에 불려 나오는 모습을 보겠네. 마술사는 이용자가 찾을 때에만 나타나거든."

다과회장 한가운데로 갑자기 빨간 카펫이 펼쳐졌다. 그러더니 한쪽 끝에서 누군가가 솟아오르기 시작했다. 먼저 챙이 높은 검은 모자가 올라오더니, 그 밑으로 얼굴이 보이기 시작했다. 그런데 얼굴이 온통 붕대로 감겨 있었다. 그리고 짙은 선글라스를 낀 모습이었다.

"어? 설마!"

"맞아. 진짜 투명 인간이지."

목도리를 목에 칭칭 감고, 장갑까지 낀 투명 인간은 다 올라오자, 모자를 벗으면서 허리를 숙여서 인사를 했다. 붕대를 감지 않은 투명한 정수리 안으로 옷과 붕대의 안쪽이 들여다보였다.

"안녕하세요. 다과회에 오신 투명 인간 여러분, 환영합니다. 차린 것

많지만, 조금 드시기 바랍니다. 아, 물론 농담입니다. 음, 오랜만에 제가 나왔으니, 모자 주인 되기 놀이를 해 볼까요?"

사람들이 반응이 없자, 마술사는 플라스틱 코를 떼었다가 붙였다. 난처하다는 표현인 듯했다.

"아, 귀찮으시다면 그냥 있으세요. 제가 우리 동물들과 할게요. 여러분은 그냥 앉아 있으면 됩니다."

그래도 사람들은 아무 반응이 없었다. 마술사는 슬픈 어투로 말했다.

"여러분이 저를 투명 인간 취급하는군요. 할 수 없지요. 제가 진짜 투명 인간이 되어야겠네요."

그는 먼저 플라스틱 코를 떼었다. 텅 빈 속이 훤히 보였다. 이어서 장갑을 벗더니 이마 쪽의 붕대를 풀기 시작했다.

"설마 여기서 스트립쇼 감상하는 거야?"

다싫달싫이 무사우루스에게 속삭였다.

"글쎄… 이런 적은 없었는데? 그냥 자기들끼리 아재 농담하면서 키득거리는 시간인데?"

마술사는 얼굴을 감은 붕대를 다 풀었다. 목도리 위쪽이 텅 비고 그 위쪽에 모자가 얹혀 있는 모습이 되었다. 마술사는 모자를 벗더니 뒤집어서 앞으로 내밀었다. 투명한 손 위에 놓인 모자는 마치 허공에 떠 있는 듯했다. 마술사는 오른손을 모자 안으로 넣어서 뭔가를 꺼내는 시늉을 했다. 투명한 유리 공이 하나 나왔다. 스노글로브처럼 안에 뭔가가 들어 있는 듯했다. 마술사는 모자를 다시 쓰고서 조심스럽게 공을 쓰다듬었다. 그러더니 두 손으로 홱 돌렸다.

그 순간 갑자기 공이 확 커졌다. 앉아 있던 이들이 순식간에 공 안으로 들어갔고, 사방이 온통 흩날리는 하얀 눈송이로 뒤덮였다.

"와! 나도 이런 장면은 처음 봐!"

무사우루스가 감탄을 터뜨렸다. 여기저기에서 탄성이 흘러나왔다. 그

런데 곧이어 이상한 일이 벌어지기 시작했다. 눈송이들이 공룡들의 몸에 달라붙기 시작하더니, 서로 합쳐지면서 붕대처럼 되어 몸을 칭칭 감쌌다. 이어서 모양과 색깔이 변하면서 마술사의 옷차림과 똑같은 모습으로 변했다. 공룡의 모습은 사라지고 모두가 마술사와 똑같아졌다.

"뭐야?"

여기저기서 당황하거나 짜증을 내는 소리가 들렸다. 시야를 가리던 눈송이가 사라지자, 사람들은 마술사를 찾았다. 그런데 마술사는 어느새 사라지고 없었다. 제멋대로 놓여 있던 탁자들 대신에 커다란 원형 탁자 하나만 남았다. 원탁 한가운데에 마술사의 모자가 놓여 있었다. 사람들이 아직 어리둥절해하는 가운데, 허공에서 목소리가 들렸다.

"모자 주인이 누구일까요? 모자가 누구를 찾아갈까요?"

"난 안 해요. 원래 이런 거 싫어하거든요."

저쪽에서 누군가 일어나더니, 모습을 감추었다. 그러자 몇 명이 더 모

습을 감추었다.

"흑흑, 슬퍼요. 하지만 참여하신 분들께는 선물이 준비되어 있어요."

모자가 움직이는가 싶더니 그 안에서 토끼가 빼꼼 고개를 내밀었다.

"자, 누구일까요? 토끼가 모자 주인에게 가서 모자를 씌울 거예요."

토끼는 빨리 결정하라는 듯이 모자를 든 채로 이리저리 움직였다.

"할 거야?"

다싫달싫이 묻자 무사우루스는 고개를 저었다.

"아니, 내가 좀 바빠서. 다음에 또 봐."

무사우루스가 사라지자, 다싫달싫도 그냥 가야겠다고 마음먹었다. 그런데 빤히 자신을 쳐다보고 있는 토끼와 시선이 마주쳤다. 왠지 그 눈빛이 너무 슬퍼보였다. 다싫달싫은 차마 떠날 수가 없었다.

투명화 방법

레이더 같은 장치는 물체에서 반사되는 전자기파를 감지함으로써 물체의 존재와 위치를 파악한다. 그런데 스텔스 항공기는 레이더에 걸리지 않는다. 또 스텔스 잠수함은 음파 탐지기나 적외선 카메라에 걸리지 않는다. 전자기파를 반사하지 않고 흡수하거나 회절시키는 페인트 같은 물질을 이용하기 때문이다.

이 같은 원리를 전파나 적외선뿐 아니라 가시광선을 비롯하여 빛의 모든 파장에 적용하면 완벽하게 보이지 않게 될 것이다. 즉 투명해지는 것이다.

과학자들은 오래전부터 그런 물질들을 연구해 왔다. 빛을 단순히 회절시킴으로써 반사되어 눈으로 들어오지 않게 하는 물질들이 있다. 그런 물질을 이용하면 물체를 보이지 않게 만들 수 있다. 하지만 모든 파장의 빛을 흩어 놓을 수 있는 물질을 만들기란 쉽지 않다.

게다가 이 방법은 그저 보이지 않게 할 뿐이므로, 주변 풍경과 비교하면 뭔가 있다고 짐작할 수 있다. 그래서 뒤의 풍경을 고스란히 앞쪽으로 비추는 방법도 연구되고 있다. 뒤의 풍경이 그대로 앞으로 보이므로, 아예 없는 것처럼 보인다. 해리 포터의 투명 망토를 만드는 기술이라고 할 수 있다. 렌즈와 카메라를 이용하는 방법이 한 예다.

박쥐와 돌고래가 쓰는 반향 정위도 기본적으로 레이더와 같은 원리다. 전자기파가 아니라 음파를 쓴다는 점이 다를 뿐이다. 그런데 자연에는 이미 정교한 스텔스 기술을 쓰는 생물들이 있다. 박각시 같은 나방의 털은 박쥐가 내는 초음파를 흡수하는 능력이 대단히 뛰어나다. 또 음파 에너지를 85퍼센트 더 흡수하는 나방도 있다. 즉 박쥐에게 거의 들키지 않으면서 날아다닐 수 있다.

어쩌면 우리가 모르는 투명화 기술을 지닌 생물종이 자연에 존재하지 않을까?

회절: 파동이 장애물에 막힐 때 그 장애물의 그림자 부분에까지도 파동이 퍼지는 현상.

반향 정위: 동물이 소리나 초음파를 내어서 물체에 부딪혀 돌아오는 메아리를 통해 상대와 자기의 위치를 확인하는 방법.

토머스 마블

토머스 마블은 아이핑에서 2.5킬로미터 떨어진 길가 도랑에 발을 담근 채 앉아 있었다. 그는 통통하고 팔다리가 짧고, 턱수염이 빽빽하게 난 모습이었다. 머리에는 실크해트를 쓰고 있었고, 옷에는 단추가 있을 자리에 노끈과 구두끈이 달려 있었다.

그는 옆에 놓인 장화 두 켤레를 바라보고 있었다. 한 켤레는 자신이 신던 것이었고, 다른 한 켤레는 얻어 온 것이었다. 얻어 온 신발은 상태가 더 좋긴 했지만 좀 컸다. 자기가 신던 신발은 바닥이 너무 닳아서 진창길에 신고 다니기에는 안 좋았다. 아무튼 보고 있자니 둘 다 마음에 안 들었다. 그때 뒤에서 목소리가 들렸다.

"꼴 같지 않긴 해도 장화군."

"그래, 얻은 거지. 이 동네에서 10년 넘게 비비고 다녔는데 겨우 저딴 거나 주다니."

"짐승 같은 동네야. 사람들도 돼지나 다름없지."

"맞아. 저 장화 꼴 좀 보라고."

마블은 대화를 나누고 있는 사람은 어떤 신발을 신고 있는지 보려고 고개를 돌렸지만 아무도 없었다. 반대편을 돌아보아도 마찬가지였다.

"내가 취했나? 혼잣말을 하고 있던 거야? 대체…."

"놀라지 마."

마블은 놀라서 벌떡 일어났다. 하지만 어디를 둘러봐도 아무도 없었다.

"환청이라니, 술 때문이야."

하지만 다시 허공에서 소리가 들렸다.

"바보처럼 굴지 마. 잘 들어. 난 투명 인간이야. 눈에 안 보이지."

투명 인간은 돌을 집어서 휙 던졌다. 마블에게는 돌이 저절로 떠올라서 날아가는 것처럼 보였다. 마블은 놀라서 달아나다가 그만 넘어지고 말았다.

"잘 들어. 한 번만 더 달아나면 돌이 머리로 날아갈 거야."

마블은 일어서면서 물었다.

"정말 몸뚱이가 없어? 목소리만 있는 거라고?"

"바보처럼 굴지 말라니까. 그냥 안 보일 뿐이야. 투명한 거라고."

마블이 자세히 보니, 공중에 떠 있는 빵과 치즈 덩어리가 보였다.

"그래, 배 속의 음식이 아직 소화가 덜 된 거야."

"유령 같아."

"그래, 하지만 그리 놀라운 일은 아니야."

"내게는 정말 놀랍기만 해. 어떻게 투명 인간이 된 거야?"

"이야기하려면 너무 길어. 어쨌든 내겐 도움이 필요해. 그냥 가려다가 네 꼴이 너무 딱해 보이더군. 버림받은 자라니, 내게 딱 어울려. 자, 나는 도움이 필요해. 옷과 음식도 구해야 하고, 내 물건도 가져와야 해."

"이봐, 너무 혼란스러워. 난 안정을 취해야 해. 맙소사, 아무것도 없는데 돌이 날아오고 주먹이 날아오다니."

"진정해. 난 널 선택했어. 그러니 날 도와야 해. 시키는 대로 해. 안 그러면…."

투명 인간은 마블의 어깨를 세게 때렸다. 마블은 비명을 질렀다.

"알았어. 도울게. 뭘 해야 하는데?"

투명 인간이 사라진 뒤, 마을은 서서히 다시 축제 분위기에 휩싸였다. 어쨌든 오랫동안 기다린 축제였으니까. 사람들은 소동을 잊고 흥겹게 지내기 시작했다.

오후 4시쯤, 낡은 실크해트를 쓴 초라한 사내가 마을로 들어왔다. 사내는 힘겹게 숨을 내쉬면서, 혼잣말을 중얼거리는 모습으로 '말과 마차' 여관을 향했다. 그는 계단을 올라서 안으로 들어섰다. 그리고 왼쪽으로 돌아서 응접실 문을 열었다. 그러자 술청에 있던 홀 씨가 소리쳤다.

"거기는 개인용 응접실이오!"

그러자 낯선 사내는 어색한 태도로 문을 닫고서 술청으로 향했다.

사내가 문을 열었을 때, 방 안에는 의사인 커스와 교구 신부인 번팅이 있었다. 둘은 투명 인간의 일지를 발견한 상태였다. 일지는 세 권이었다. 그런데 펼쳐 보아도 무슨 뜻인지 도무지 알 수 없었다. 수학식과 낯선 언어가 가득했다.

"이런, 암호로 적었나 봐요."

둘이 더 자세히 살펴보려고 할 때, 문이 벌컥 열리면서 실크해트를 쓴 사내의 얼굴이 비쳤다.

"여기가 술청인가요?"

"반대쪽으로 가세요."

그러자 사내는 문을 닫고 떠났다. 둘은 일지를 향해 몸을 기울였다. 그때 무언가가 둘의 목을 움켜쥐더니 꾹 눌렀다. 둘의 얼굴이 탁자에 짓눌렸다.

"움직이지 마. 움직이면 골통을 부술 거야."

낮은 목소리가 들렸다.

"누가 남의 사적인 기록을 보라고 했지? 이건 가져가겠어. 그리고 옷도 필요해. 내 옷가지는 다 치운 모양이군."

잠시 뒤 술청에 있던 사람들은 응접실에서 뭔가 부딪히는 소리와 비명 소리를 들었다.

"괜찮으세요?"

홀 씨가 문을 두드리면서 물었다. 잠시 침묵이 깔리더니, 갑자기 움직이는 소리와 의자가 쓰러지고 몸싸움을 하는 소리가 들렸다.

"괜찮으세요?"

다시 묻자 신부가 더듬거리며 말하는 소리가 들렸다.

"괜, 괜찮아요. 방해하지 마세요."

뭔가 수상했다. 문이 잠겨 있었기에, 그들은 문 밖에서 소리를 엿들었다. 안에서 무슨 일이 벌어지고 있는 것이 분명했다. 그때 홀 부인이 지나가다가 그들을 보고서 한 소리를 했다.

"뭘 엿듣고 있어요? 그렇게 할 일이 없어요?"

홀 씨는 부인에게 설명하려 했지만, 부인은 시끄럽다고 남편을 윽박질렀다. 그때 함께 있던 헨프리가 말했다.

"저 소리 들려? 응접실 창문이 열리는 소리 같은데?"

한편 길 맞은편 가게에 있던 헉스터는 실크해트를 쓴 사내의 행동이 왠지 수상쩍었다. 사내는 여관 안으로 들어갔다가 잠시 뒤 현관으로 다시 나오더니, 응접실 창문이 있는 정원 쪽으로 걸어갔다. 그러더니 정원 문 문설주에 기대어 담배를 피우기 시작했다. 그런데 아무리 보아도 사내의 행동이 어딘가 어색했다. 이따금씩 주변을 살피는 눈초리를 보니 더욱 그러했다.

잠시 뒤 사내가 벌떡 일어나더니 정원 안으로 사라졌다. 곧이어 사내는 다시 나타났는데, 한 손에는 파란 식탁보로 싼 커다란 꾸러미를 들고, 다른 손에는 하나로 묶은 공책 세 권을 들고 있었다. 사내는 헉스터를 보자, 돌아서서 달아나기 시작했다.

"도둑놈 잡아라!"

헉스터는 사내가 도둑질을 했다고 여기고서 쫓아가기 시작했다. 술청에 있던 사람들도 그 소리를 들었다. 그들은 서둘러 거리로 나왔다. 누군가가 길모퉁이를 돌아 사라지고 있었다. 이어서 헉스터가 하늘로 붕 떴다가 땅으로 고꾸라지는 모습이 보였다. 헉스터는 정신을 잃었다.

사람들이 밖으로 뛰쳐나갔을 때, 홀 부인은 술청에 있는 돈 궤짝을 지켰다. 그때 응접실 문이 열리고 커스가 뛰쳐나왔다.

"놈을 잡아! 놈이 내 바지를 빼앗고 신부님 옷을 몽땅 가져갔어!"

하지만 곧 그는 누군가에게 부딪혀 넘어졌다. 일어섰지만 뒤통수를 세게 얻어맞았다. 그는 비틀거리면서 피신했다. 뒤에서 누군가가 맞는 소리, 고함 소리가 들렸다. 커스는 소리쳤다.

"조심해요! 놈이 돌아왔어요!"

투명 인간은 마블이 도망칠 시간을 벌기 위해 소동을 벌이고 있었다. 하지만 곧 자기 성질을 못 이기고, 마구 사람들을 때리고 내던지기 시작했다. 물건을 던지면서 난장판을 만들었다. 축제장에 있던 사람들은 재빨리 집 안으로 달아나서 빗장을 걸었다. 투명 인간은 여관의 창문을 모조리 깨고, 전깃줄까지 끊어 버린 뒤 유유히 사라졌다. 사람들은 두 시간쯤 지난 뒤에야 난장판이 된 거리를 향해 슬그머니 고개를 내밀었다.

그 사이에 마블은 브램블허스트로 향하고 있었다. 얼굴에는 피곤한 기색이 역력했고, 이따금 움찔움찔 놀라는 모습을 보이곤 했다.

"또 나를 따돌리고 도망치려 했다가는 죽여 버릴 거야."

목소리가 위협하자, 마블은 우는 소리로 변명하다가 입을 다물었다.

"일지 떨어뜨리지 마. 변변찮은 녀석 같으니라고. 그래도 어쩌겠어. 너를 써먹을 수밖에."

잠시 침묵이 깔렸다가 마블이 말했다.

"나는 형편없어요. 힘도 약하고, 심장도 약해요. 당신이 원하는 일을 할 용기도 없고요. 당신 계획을 망칠 거예요. 그러니까…."

"시끄러워! 빨리 가기나 해!"

다음 날 아침 일찍, 마블은 언덕을 내려와서 버독으로 뻘뻘거리며 달려가고 있었다. 그리고 한참 시간이 흐른 뒤, 시내에서는 마블이 지나가는 길목마다 사람들이 비명을 지르면서 집 안으로 뛰어 들어가 문을 잠갔다. 그 주변으로 시끄러운 소리가 울려 퍼졌다.

"투명 인간이다! 투명 인간이 오고 있다!"

'유쾌한 크리켓 선수들'이라는 선술집에 모여 있던 사람들은 밖이 시끄럽다는 것을 알아차렸다.

"불이 난 게 아닐까요?"

바텐더가 말했다.

그때 다급한 발소리가 들리더니 문이 확 열리며 누군가 울먹이면서 뛰어들었다. 마블이었다. 모자는 어디론가 사라졌고, 외투는 목둘레가 찢겨 있었다.

"제발 도와줘요! 투명 인간이 와요!"

겁에 질린 그의 표정을 보자, 경찰관이 말했다.

"문 다 닫아요."

경찰관이 마블이 들어온 문을 닫자, 다른 손님이 다른 문도 닫았다. 마블의 손에는 공책이 들려 있었다.

"제발 숨겨 주세요. 그가 쫓아오고 있어요. 나를 찾아내면 죽인다고 했어요. 진짜로 죽일 거예요."

"진정해요. 여기는 안전해요. 경찰관도 있고요."

"흠, 투명 인간이 온다는 건가? 그를 보게 될 것 같군."

검은 턱수염을 기른 손님이 말했다. 그때 누군가 잠긴 문을 마구 두드리면서 열려고 했다.

"제발 살려 줘요!"

마블이 애원했다.

"이리 들어와요."

바텐더가 카운터 뚜껑 문을 열자, 마블은 안으로 뛰어들었다. 그 순간 선술집 유리창이 박살 났다. 거리에서는 사람들이 비명을 지르며 달아나고 있었다. 바텐더는 마블을 카운터 뒤의 방으로 들여보내고 문을 잠갔다.

그때 갑자기 사방이 조용해졌다. 검은 턱수염의 사내가 권총을 꺼냈기 때문이었다.

"빗장을 풀어요. 들어오기만 하면…."

"그러면 안 돼요. 그건 살인입니다."

경찰관이 말하자 턱수염의 사내는 대답했다.

"알아요. 다리를 쏠 겁니다. 빗장을 풀어요."

그들은 빗장을 풀고 기다렸다. 그런데 5분이 지나도 아무런 기척이 없었다.

"혹시 다른 문은…."

그때 카운터 뒤의 문이 벌컥 열리더니, 마블의 비명 소리가 울려 퍼졌다. 바텐더가 들어가니, 부엌으로 향한 문이 벌컥 열리면서 마블이 질질 끌려가고 있었다. 경찰관과 마부가 재빨리 달려갔다. 경찰관은 마블의 목덜미를 잡고 있던 보이지 않는 손목을 움켜쥐었다가, 얼굴을 한 대 맞고서 뒷걸음질을 쳤다. 마부도 무언가를 움켜잡았고, 바텐더의 손톱도 무언가를 할퀴었다.

사람들이 투명 인간과 싸우는 사이에 바닥에 쓰러졌던 마블은 기어서 사람들의 다리 사이로 빠져나가려 했다. 그사이에 사람들은 투명 인간에게 얻어맞고 손을 놓쳤다.

"어디로 갔지?"

타일 조각이 경찰관의 머리 옆으로 날아가서 탁자 위에 놓인 도자기를 깼다.

"좋아, 본때를 보여 주지."

턱수염의 사내는 마당 쪽을 향해 부챗살 모양으로 잇달아 총을 쏘았다. 곧이어 침묵이 깔렸다.

"이제, 투명 인간의 시체를 찾아볼까요?"

진정으로 원하는 것

다싫달싫은 주위를 둘러보았다. 탁자 주위에 앉아 있는 사람은 자신까지 아홉 명이었다. 차림새를 유심히 살폈지만, 모두 똑같아 보였다.

'뭐로 알아내라는 거지?'

대화를 나누어 보면 범위를 좀 좁힐 수도 있을 것 같았지만, 다싫달싫은 딱히 말을 걸고 싶지 않았다. 모르는 사람과 쉽게 이야기를 나눌 만한 성격이라면, 굳이 이런 공간을 찾아올 필요도 없었다.

그 점은 다른 이들도 마찬가지인 듯했다. 아무도 입을 열지 않았다. 그저 자기 앞에 놓인 차나 케이크를 먹거나, 주위를 둘러보거나, 자기 차림새를 살펴보는 듯한 모습이었다.

그들을 살펴보려니 처음에는 왠지 어색했다. 자신이 누구를 보고 있는지 아무도 알지 못한다고 해도, 뻘쭘한 것은 어쩔 수 없었다. 게다가 서로 아무 말도 하지 않으니까 더욱 그랬다.

하지만 시간이 흐르면서 어색한 느낌은 서서히 약해졌다. 게다가 뭔

가 차이가 있을까 싶어서 자기 자신의 차림새와 다른 이들의 차림새를 비교하다 보니, 마치 여러 장의 거울을 보고 있다는 느낌이 점점 강해졌다.

남들도 그런 느낌이 든 모양이었다. 누군가 왼팔을 들어 올리자, 맞은편에 있던 두 사람이 저도 모르게 함께 왼팔을 들어 올리다가 멈칫했다. 그 모습에 여기저기서 입을 가리고 킥킥 웃음을 터뜨리는 듯한 자세를 취했다. 그런데 소리가 전혀 들리지 않았다. 목소리로 구분할 수도 있으니까, 소리를 없앤 모양이었다.

곧 누군가가 시험하는 양 두 팔을 번쩍 들었다. 그러자 다른 이들도 모두 따라서 치켜들었다. 또 누군가가 두 팔을 양옆으로 쭉 뻗자, 다른 이들도 따라 했다. 한 명이 일어나서 빙 돌자, 다른 이들도 따라서 돌았다. 그런 식으로 모두 서로를 따라 하면서 팬터마임을 펼쳤다.

다싫달싶은 킥킥거리면서 따라 하다 보니 저도 모르게 점점 즐거워

졌다. 이윽고 다싫달싫은 발차기를 하고, 쪼그려 앉았다가 펄쩍 뛰는 등 먼저 자세를 취하기도 했다. 마술사를 찾아야 하지 않나 하는 생각이 이따금 들곤 했지만, 굳이 찾고 싶은 마음이 들지 않았다. 그냥 지금 이 순간 자체가 너무 즐거웠다.

얼마나 지났을까, 한 명이 탁자 한가운데를 향해 오른손을 앞으로 내밀면서 그대로 굳은 자세를 취했다. 토끼가 모자를 들어 올리면서 머리를 내밀었다. 그러자 다른 이들도 똑같이 따라 했다. 다싫달싫도 같은 자세를 취했다. 토끼는 이쪽저쪽으로 고개를 돌리면서 누구에게 갈지 고민하는 듯했다.

"이리 와. 이쪽이야."

다싫달싫은 보이지 않는 얼굴로 최대한 다정한 표정을 지으면서, 들리지 않는 소리로 속삭였다.

토끼는 모자 밖으로 나와 모자를 끌면서 이쪽으로 몇 발짝 왔다가, 저

쪽으로 몇 발짝 돌아가곤 했다.

"여기라니까!"

다싫달싶은 더욱 간절한 목소리로 속삭였다. 그 바람이 통했는지, 토끼는 다싫달싶을 향해 다가왔다. 다싫달싶은 보이지 않는 눈으로 다른 이들을 돌아보면서 보이지 않는 입으로 히죽 웃었다.

이윽고 토끼가 모자를 건넸다. 다싫달싶은 모자를 머리에 썼다. 그러자 주위의 풍경이 쭉 줄어들면서 투명한 공 속에 담겼다. 공은 지름이 10센티미터쯤으로 줄어들더니, 눈앞에 떠 있었다. 공 속을 들여다보니, 모자를 쓴 투명 인간이 보였다. 다른 이들은 모두 사라지고 없었다. 탁자 위에는 토끼 대신 생쥐가 앉아 있었다.

다싫달싶이 주위를 둘러보려고 고개를 돌리는 순간, 다시 주위의 풍경이 빠르게 줄어들었다. 그렇게 줄어들어 공이 된 풍경 안에 투명한 공을 바라보고 서 있는 어린 티라노가 보였다. 곧이어 다시 풍경이 줄어들

었다. 이번에는 작은 방에서 가상 현실 기기를 쓰고 있는 자신의 모습이 보였다. 다시 한 번 줄어들자 자신의 동네가 보였고, 이어서 한반도, 지구, 은하수, 국부 은하군이 차례로 보였다.

그 뒤로 점점 더 많은 은하들이 줄어들면서 눈앞으로 모여들었다. 우주가 워낙 거대해서인지 줄어드는 데 시간이 꽤 걸리는 듯했다.

우주가 줄어드는 광경을 지켜보고 있자니, 자신이 너무나 작은 세계에 얽매여 있는 것이 아닐까 하는 생각이 저절로 떠올랐다. 우주가 이렇게 넓은데, 우주의 시간에 비춰 보면 지금 이 순간도, 고민하면서 앓던 시간도, 자라는 데 걸리는 시간도, 자신의 한평생도, 인류가 살아 온 세월도 하찮은 양 느껴졌다.

그런 생각을 하는 사이에 우주가 줄어드는 속도가 점점 느려지다가 이윽고 멈췄다. 그러더니 거꾸로 풍경이 쭉 늘어났다. 낫 두 개를 붙인 것 같은 은하가 보이더니, 다시 풍경이 쭉쭉 늘어나면서 파란 별 하나가

모습을 드러냈다.

이윽고 외계 문명의 도시, 주택, 방이 모습을 드러냈고, 그 안에서 이마에 작은 뿔이 달린 누군가가 마스크 같은 장치를 쓰고 있는 모습이 보였다. 한 번 더 확대가 일어나자 드넓은 숲 상공에 쭉 뻗어 있는 나무다리 위를 누군가 홀로 걷고 있는 모습이 보였다.

외계인의 모습은 투명해졌다 선명해졌다를 되풀이하고 있었다. 한 번 더 장면이 늘어나자, 외계인의 얼굴이 뚜렷이 보였다. 생쥐와 비슷한 얼굴이었다. 그런데 너무나 슬픈 표정이었다. 얼굴에 말라붙은 눈물 자국도 보였다.

보고 있자니, 다싫달싫은 너무나 마음이 아팠다. 위로하고 싶은 마음이 저절로 들었다. 다싫달싫은 자신도 모르게 외계인을 향해 손을 내밀었다. 그 순간 외계인이 고개를 들어 다싫달싫을 바라보았다. 다싫달싫의 눈앞에 외계인을 향해 뻗은 자기 손의 윤곽이 드러나는 것이 보였다.

손가락이 먼저 보이더니 손바닥, 팔목을 향해 윤곽이 서서히 드러나면서 짙어져 갔다.

그런 다싫달싫을 가만히 지켜보고 있던 외계인이 손을 내밀었다. 이윽고 둘의 손이 닿았다. 그 순간 눈앞이 컴컴해졌다.

다시 눈앞이 환해지자, 다싫달싫은 자신이 마술사의 다과회장에 앉아 있다는 것을 알았다. 자신의 손끝은 과자에 닿아 있었다. 어느새 티라노의 모습으로 돌아와 있었다. 투명 인간 마술사는 모자에 손을 넣고서 무언가를 꺼내는 시늉을 하고 있었다. 마술사가 손을 꺼내자, 손은 알록달록한 색깔로 뒤덮여 있었다. 마술사가 물감이 뚝뚝 떨어지는 손을 휙 휘젓자, 물감이 허공으로 쫙 펴지면서 무지개가 되었다가 꽃잎이 되어 떨어져 내렸다.

"와아!"

여기저기서 탄성이 들렸다.

다싫달싶은 멍한 기분이었다. 설마 가상 현실 속에서 꿈을 꾼 건가? 주위를 둘러보니, 사람들은 저마다 다른 탁자 앞에 앉아서 다과회를 즐기고 있었다. 토끼와 생쥐는 돌아다니면서 빈 잔을 채우고 접시에 케이크와 과자를 담고 있었다.

다싫달싶은 어린 무사우루스가 있는지 둘러보았다. 없었다. 그러면 그것도 꿈이었나? 다싫달싶이 고개를 갸우뚱하고 있는데 누군가 앞에 앉았다. 이구아노돈이었다.

"또 만나네. 반갑지?"

"글쎄요. 딱히…."

다싫달싶은 심드렁하게 대꾸했다. 생쥐들이 이구아노돈 앞에 찻잔과 접시를 갖다 놓자, 주전자와 바구니를 든 토끼들이 와서 잔을 채우고 과자를 듬뿍 쌓았다. 이구아노돈은 과자를 집어 먹으면서 모자에서 날개

달린 개구리들이 튀어나오는 광경을 지켜보았다. 그러면서 다싫달싶은 쳐다보지도 않은 채, 이따금 감탄사를 터뜨리면서 박수를 치거나 마술사만 바라보았다.

다싫달싶은 이구아노돈이 빈 탁자도 많은데 굳이 자기 앞에 앉은 이유가 살짝 궁금했지만, 상관하지 말기로 했다. 그런 일들이 우주 전체에 비추어 보면 너무나 사소하다는 느낌이 아직 남아 있었기 때문이다. 그렇게 생각하니, 왠지 마음이 더 느긋해지는 듯했다. 이구아노돈이 옆에 있어도 이제 별로 신경이 쓰이지 않았다.

그렇게 각자 다과회를 즐기다가, 다싫달싶이 이제 그만 떠날까 생각하는데 이구아노돈이 말을 걸었다.

"이제 좀 편해진 모양이구나."

"네?"

"공룡을 아바타로 써도 드러나는 게 있거든. 분위기라는 거지."

누구나 때로 투명 인간이
되고 싶어 하지.
하지만 투명 인간 취급을
받으면 가슴이 꽉 막혀.

"네에…."

"여기 처음 오는 사람들에게는 '나를 좀 제발 그냥 놔두시오' 하는 분위기가 풍기거든. 『좀머 씨 이야기』 읽어 봤어?"

다싫달싫은 고개를 저었다. 이구아노돈은 고개를 끄덕이고는 말을 계속했다.

"누구나 때로 투명 인간이 되고 싶어 하지. 마음에 상처를 입은 사람들은 그럴 때가 더 많아. 차라리 안 보이면 속이 편할 것 같다고 생각하거든."

이번에는 모자에서 자전거를 탄 요정들이 튀어나와서 허공을 줄지어 달렸다. 이구아노돈이 손을 높이 들자 그 주위를 빙 돌면서 나아갔다.

"투명 인간이란 게 묘해. 거꾸로 남들로부터 투명 인간 취급을 받으면, 가슴에 뭔가 콱 박히는 느낌이 들거든. 그럴 때면 아주 뚜렷하게 보이고 싶어져. 한편으로는 투명 인간이 되고 싶으면서도, 다른 한편으로

는 되고 싶지 않다니까."

"그런 일 자체가 없으면 좋겠지요."

다싫달싫이 저도 모르게 불쑥 내뱉었다. 무엇을 가리키는지 좀 애매한 말이었다. 그래도 이구아노돈은 그냥 고개를 끄덕였다.

"맞아. 그렇게 보면 삶이란 너무 복잡해. 상처를 많이 주고받거든. 차라리 원할 때만 투명 인간이 될 수 있으면 좋겠어. 가상 현실에서가 아니라 진짜 현실에서. 어떨 것 같아?"

"거꾸로는요? 투명 인간으로 지내다가 원할 때만 드러낸다면요?"

"그건 여기서 하고 있잖아?"

"그러네요."

둘은 잠시 말없이 마술사의 공연을 지켜보았다. 이윽고 마술사는 모자를 다시 쓴 뒤 말했다.

"자, 오늘 다과회는 여기서 마쳐야겠네요."

어느새 꺼냈는지, 마술사가 지팡이를 휘두르자 토끼와 생쥐가 스르르 모습을 감추었다.

"슬픈 소식을 전해 드려야겠네요. 제 다과회는 오늘이 마지막입니다. 회사 방침이 바뀌어서 제 역할이 사라졌어요."

그러자 여기저기서 웅성거림이 들렸다.

"말도 안 돼!"

누군가 소리쳤다.

"여기서 유일하게 재미있는 건데!"

다른 누군가가 소리치자, 마술사는 눈물을 훔치는 시늉을 했다.

"감사합니다. 대신에 더 좋은 프로그램이 나올 겁니다. 마지막으로 문제 세 가지를 내 볼게요."

마술사는 사람들을 둘러보며 지팡이를 천천히 휘두르면서 물었다.

"저는 진짜 사람일까요, 인공 지능일까요?"

"사람!"

"인공 지능!"

마지막이라니까 아쉬워서인지 여기저기서 소리가 튀어나왔다. 다싫달싶이 사람이라고 외치자, 이구아노돈이 고개를 저었다.

"인공 지능이야. 여기 인공 지능이 아주 뛰어나거든."

"설마요. 저 정도는 아닐걸요?"

"훗, 사실 저 정도는 아무것도 아냐. 이 회사의 기술 수준을 알면 정말 놀랄걸?"

그때 마술사가 말했다.

"전 사람입니다."

"오예, 내가 맞췄어요!"

다싫달싶이 신이 나서 소리쳤다. 이구아노돈은 고개를 푹 숙였다. 그때 마술사가 다시 말했다.

저는 진짜 사람일까요, 아바타일까요?

“실망하시는 분들이 많네요. 다음 질문이에요.”

마술사는 잠시 뜸을 들이다가 물었다.

“그러면 저는 진짜 사람일까요, 아바타일까요?”

마술사는 윗도리를 벗었다. 안에는 반팔 티셔츠를 입고 있었기에 위팔까지 투명했다.

“저게 무슨 말이에요?”

다싫달싶이 묻자, 이구아노돈이 그것 보라는 투로 대꾸했다.

“여기에 가상 현실 장치로 접속하는 사람도 있지만, 증강 현실 장치로 접속하는 사람도 있거든.”

다싫달싶은 잠시 생각하다가 말했다.

“그럼 아바타가 아니라 진짜 사람일 가능성이 높네요. 여기서 일을 맡아서 하는 사람이니까 출근하지 않았을까요? 출근했으니까 덜 거추장스러운 증강 현실 장치를 썼을 가능성이 더 높죠.”

이구아노돈이 피식 웃었다.

"좋은 추측이야. 그런데 다 그렇게 생각한다는 게 문제네."

"네, 모든 분이 맞추셨네요. 너무 쉬웠나 봐요. 그럼 마지막 문제를 드리지요."

마술사는 뜸을 들이려는 양, 모자를 벗은 뒤 천천히 티셔츠를 벗었다. 이제 바지와 신발만 보였다.

"저는 진짜 투명 인간일까요, 아니면 투명 인간처럼 꾸민 걸까요? 너무 쉽죠?"

사람들이 고개를 끄덕였다.

"그런데 왜 물었을까요? 뭔가 반전이 있다는 생각이 들지 않으세요?"

마술사가 탁자에 놓인 지팡이를 다시 집어서 하늘을 향해 원을 그렸다. 그러자 펑펑 불꽃놀이가 펼쳐지기 시작했다. 잠시 뒤 마술사의 목소리가 들렸다.

“이게 제 마지막 선물입니다. 마지막 질문의 답은 궁금증으로 남겨 두겠습니다. 그동안 감사했습니다.”

마법사는 사라지고 없었다. 옷가지만 바닥에 떨어져 있었다.

투명한 생물들

자연에는 투명 인간 같은 생물이 많이 있다. 해파리나 빗해파리가 대표적이다. 또 바다나비와 바다천사라고 부르는 익족류는 투명한 아름다운 몸으로 바닷속을 날아다닌다. 말미잘과 갯민숭달팽이도 투명한 촉수를 흔들어 댄다. 오징어와 문어 중에서도 아주 투명한 종류가 있다.

물에 사는 작은 물고기들 중에는 내장이 훤히 들여다보이는 종류가 많다. 집에서 기르는 거피나 테트라도 거의 투명하다. 또 빛이 없는 심해에도 투명넙치처럼 투명한 물고기가 많다.

남아메리카에 사는 유리개구리류는 내장과 뼈, 혈관까지 들여다보인다. 갑각류인 새우, 가재, 바다대벌레, 쏙 같은 동물 중에는 겉뼈대가 투명하여 속이 들여다보이는 종류가 많다. 또 동굴에 사는 대추귀고둥의 한 종류는 투명한 껍데기를 지니고 있다.

그런데 이런 동물들은 어떻게 몸을 투명하게 만드는 것일까? 신체 조직이 투명하려면, 빛이 산란되거나 흡수되거나 반사되지 않고 그대로 통과해야 한다. 그런데 사실 동물의 몸을 이루는 분자 중에는 빛을 흡수하거나 산란시키는 것이 거의 없다. 색소 분자만이 그럴 수 있다. 즉 본래 생물의 신체 조직은 거의 투명하다. 하지만 우리 몸처럼 부피가 있어서 빛이 긴 경로를 지나가야 하거나, 멜라닌 같은 색소가 가득하거나, 분자들이 빽빽하게 모여 있다면 불투명해진다.

또 몸을 이루는 분자마다 빛을 반사하는 정도가 다르므로, 그런 물질들의 비율에 따라 투명도가 달라진다. 반면에 몸이 얇거나 생체 분자들이 성기게 들어 있다면, 빛이 그냥 통과하므로 투명하다. 해파리 같은 동물은 몸이 대부분 물로 이루어져 있으므로 더욱 투명하다. 그리고 이따금 단단한 무언가에 부딪혀 산란되거나 반사되면 그 부분만 반짝거리게 된다.

그런데 이런 동물들은 애초에 왜 투명한 것일까? 주된 이유는 살아남기 위해서다. 이빨도 독소도 없고 속도도 느린 작은 생물은 대개 투명하다. 포식자의 눈에 잘 띄지 않기 위해서다. 하지만 아직 잘 모르는 다른 이유로 투명해진 동물이 있을지도 모른다.

의사 켐프

의사 켐프는 이른 아침부터 서재에 앉아 있었다. 햇빛이 잘 드는 서재에는 책장이 가득했고, 책상에는 현미경과 슬라이드, 시약이 담긴 유리병 같은 실험 기구들이 널려 있었다. 그는 키가 크고 호리호리했다. 그는 지금 하고 있는 연구가 끝나면, 왕립 협회 회원이 될 수 있을 것이라고 생각했다.

한참 글을 쓰다가 고개를 드니, 창밖으로 한 사내가 뻘뻘거리면서 언덕을 넘어 달려가는 모습이 보였다. 땅딸막한 모습에 높은 모자를 쓰고 있는 듯했다. 켐프는 저 사내도 투명 인간이 오고 있다고 떠들어 대는 멍청이 중 하나일 것이라고 여겼다. 사내의 모습은 보였다가 집들에 가려져서 사라졌다가 하곤 했다. 그는 다시 고개를 숙이고 연구에 몰두했다.

밤이 깊었을 때 켐프는 밖에서 들리는 총소리에 벌떡 일어났다.

"어떤 바보가 이 시간에 총을 쏘는 거야?"

잠시 밖에서 소란이 이는 듯했다. 그는 열린 창문을 닫고 다시 일을 했다. 그로부터 한 시간쯤 지난 뒤, 초인종이 울렸다. 하녀가 문을 여는 소리가 들렸다. 잠시 뒤 하녀가 오더니, 누가 장난을 친 것 같다고 알렸다.

켐프는 2시가 지나서야 일을 마치고, 침실로 향했다. 그러다가 목이 말라서 위스키를 한 잔 마시러 식당으로 내려갔다 돌아오는데 계단 바닥에 뭔가 거무스름한 얼룩이 보였다. 예리한 관찰력을 지닌 그는 그런 일을 그냥 허투루 넘기는 사람이 아니었다. 그는 허리를 굽혀 얼룩을 만져 보았다. 굳어 가는 끈적거리는 피가 분명했다.

"누가 여기에 피를 흘린 거지?"

그는 뭔가 이상하다고 생각하면서 계단을 올라왔다. 침실 앞에 섰을 때 그는 깜짝 놀랐다. 문손잡이에도 피가 묻어 있었다. 그는 단호한 태도로 방으로 성큼 들어섰다. 방 안의 모습도 평소와 달랐다. 침대 시트가 찢어져 있었고, 침대 덮개에 피가 잔뜩 묻어 있었다. 그때 나직한 목소리가 들렸다.

"켐프, 큰 문제가 생겼네."

켐프는 놀라서 멈칫했다. 잘못 들었나 생각했다. 정신을 차리고 방 안을 둘러보다가 그는 깜짝 놀랐다. 세면대 쪽 허공에 피 묻은 붕대가 떠 있었다. 허공에 붕대가 감기다가 만 모습이었다. 용기를 내어 다가가서 만지려 하자, 중간에 무언가 닿았다. 그리고 바로 옆에서 목소리가 들렸다.

"켐프!"

"어어?"

켐프는 놀라서 입을 쩍 벌렸다.

"겁먹지 마. 나는 투명 인간이야."

"투명 인간?"

"그래."

"말도 안 돼. 속임수야."

켐프는 외치면서 앞으로 손을 뻗었다. 하지만 다른 손이 그의 팔을 움켜잡았다.

"제발 가만히 좀 있게. 난 도움이 필요해!"

켐프가 계속 몸부림을 치면서 빠져나가려 하자, 투명 인간은 켐프를 침대에 쓰러뜨린 뒤, 어깨를 꽉 눌렀다. 켐프가 소리를 지르려 하자, 재빨리 시트 자락을 입에 쑤셔 넣었다.

"제발 좀 잠자코 있어! 나를 기억 못 해? 유니버시티 칼리지에 함께 다녔던 그리핀이란 말이야!"

"그리핀?"

투명 인간이 예전 그리핀의 모습을 설명하자, 켐프는 저항을 멈추었다.

"혼란스러워. 이게 그리핀과 무슨 관계가 있다는 거지?"

"내가 그리핀이라고!"

켐프는 잠시 머릿속을 정리했다.

"내가 스스로를 투명 인간으로 만들었어. 보통 사람과 똑같아. 그냥 투명할 뿐이야."

"끔찍한 일이군. 대체 어떤 지독한 마법을 썼기에…."

"끔찍하긴 하지. 하지만 마법이 아니야. 지극히 이성으로 이해할 수 있는 과정이라고. 닥치고, 제발 먹을 것과 마실 것 좀 줘."

켐프는 붕대가 방을 가로질러 움직이는 것을 보았다. 그러더니 의자가 침대 옆으로 가더니 찍 하면서 살짝 눌리는 것을 보았다.

"유령은 저리 가라군."

그는 그렇게 말하면서 얼떨떨하게 웃음을 터뜨렸다.

"좀 낫군. 이제야 정신을 차리는 것 같네. 술 좀 줘. 죽기 직전이야."

"그렇게 느껴지지 않는데. 그런데 어디다 줘야 하는 거야?"

켐프는 술잔을 찾아서 건넸다. 술잔은 공중에 둥둥 떴다. 켐프는 자신이 최면술에 걸린 것이 아닐까 하는 생각도 했다.

"오늘 아침에 비가시성이 불가능함을 결정적으로 보여 주는 논문을 썼건만."

"다 잊게. 배가 고파. 그리고 추운데 옷도 좀 갖다주게."

켐프는 투명 인간이 홀딱 벗고 있다는 사실을 그제야 알아차린 양, 투명 인간이 원하는 대로 옷을 건넸다. 그리고 공중에서 옷자락이 펄럭거리면서 저절로 단추가 채워지는 광경을 지켜보았다. 단추가 채워진 옷은 의자에 앉았다.

"속옷, 양말, 슬리퍼도 좀 줬으면 좋겠군. 음식도."

켐프는 투명 인간이 원하는 것을 내놓은 뒤, 식당에 가서 음식도 가져왔다. 음식이 허공에 뜨더니 씹는 소리가 들리기 시작했다. 켐프는 놀란 표정으로 그 광경을 지켜보았다.

"세상에는 놀라운 일이 정말 많군."

"맞아. 붕대를 구하러 들어온 집이 하필이면 자네 집이라니, 정말 기묘한 일이군. 내게는 행운이야. 오늘 밤 여기서 묵을 생각이야. 피도 나고 좀 더럽지만, 참아 주게. 내가 흘린 핏자국을 보았겠지? 굳으면 눈에 보이나 봐. 그러니까 살아 있는 조직만 투명해진 거지. 내가 살아 있어야만 투명한 상태로 있는 거군. 사실 세 시간 전부터 여기 있었어."

"어떻게 된 거야? 아까 총성과 관련이 있나?"

"멍청한 놈 때문에…. 내 돈을 훔쳐간 놈이야. 잡으러 갔는데, 다른 어떤 멍청한 놈이 마구 총을 쏴 댔어. 다행히 스쳐 갔을 뿐이야."

"그도 투명 인간인가?"

"아니, 그냥 멍청이야. 그런데 먹을 것 더 없나?"

켐프가 음식을 더 갖다주자, 그는 정신없이 먹었다. 이윽고 배가 부른지 천천히 이야기를 하기 시작했다. 하지만 마블 이야기가 나오자 화가 나는 듯 목소리가 빨라졌다.

"녀석은 나를 두려워했어. 뻔히 보였어."

투명 인간은 그렇게 중얼거리다가 말했다.

"나를 속일 작정이었던 거야. 줄곧 기회를 노리고 있었던 거지. 멍청하게 속다니! 반드시 죽여 버리겠어!"

켐프는 투명 인간이 마구 떠들어 대는 소리를 듣고 있다가 물었다.

"그런데 그 돈은 어디서 난 건가?"

투명 인간은 갑자기 입을 다물었다. 그러더니 잠시 뒤에 말했다.

"오늘은 더 이상 말하지 못하겠어. 난 너무 피곤하네. 사흘 동안 한숨도 못 잤어."

"그러면 이 방에서 자게."

"안 돼! 그사이에 녀석이 달아날 거야. 그리고 나는 사람들에게 붙잡히기 싫어."

"제발 자 두게. 자네를 밀고하지 않겠다고 보장하지. 또 누가 오면 언제든 창문으로 달아날 수 있어."

켐프가 안심시키자, 투명 인간은 문과 창문을 꼼꼼하게 살펴보았다. 그런 뒤에야 비로소 자겠다고 했다. 켐프는 자신의 침실을 투명 인간에게 넘기고 나왔다.

켐프는 진료실로 향했다. 안에는 전날 조간신문이 있었다. 아이핑에서 일어난 괴이한 사건을 다룬 기사가 실려 있었다. 투명 인간이 사람들을 때리고 고통에 빠뜨렸다는 내용이었다. 켐프는 환자 침대에 털썩 주저앉으면서 중얼거렸다.

"눈에 안 보일 뿐 아니라 미치기까지 했어! 살인 경향이 있는 미치광

이야!"

켐프는 너무 흥분해서 전혀 잠을 잘 수 없었다. 아침이 되자 그는 하인들에게 위층 서재에 식사 2인분을 차리라고 하고서, 위층으로 올라오지 말라는 별난 지시를 내렸다. 그리고 하녀에게 나가서 조간신문을 모조리 구해 오라고 시켰다. 하녀가 가져온 신문을 다 읽고 난 그는 중얼거렸다.

"분노가 광기로 악화되는 것 같아. 놈은 무슨 짓을 저지를지 몰라! 어떻게 해야 하지?"

그는 책상 앞에 앉아서 편지를 쓰다가 찢었다. 그리고 다시 쓰고는 읽으면서 생각에 잠겼다. 이윽고 그는 봉투를 꺼내어 수신자를 적고, 그 안에 편지를 넣었다.

그때 위에서 투명 인간이 걷는 소리가 들렸다. 이어서 의자가 넘어지고 컵이 부서지는 소리가 들렸다. 켐프는 서둘러 위로 올라가서 문을 두드렸다. 투명 인간이 문을 열었다.

"무슨 일이 있나?"

"아닐세. 팔이 아파서 성질이 좀 나서 그랬어."

켐프는 유리 조각을 주워 모으며 말했다.

"자네가 한 일이 신문에 다 실렸네. 하지만 여기 있다는 건 아무도 몰라. 자네 계획이 뭔지는 모르지만, 난 자네를 돕고 싶네. 먼저 식사를 하러 가지."

둘은 식사를 하면서 이야기를 나누었다. 켐프는 물었다.

"어떻게 몸이 투명해진 거지?"

"아주 쉽게 설명할 수 있지. 나는 의학을 그만두고 물리학으로 전공을 바꾸었네. 빛에 매료되었거든. 광학 밀도! 이 주제는 수수께끼들로 연결된 그물망이야. 해답이 그물코 사이로 어렴풋이 보이는 그물망이지. 열정으로 가득한 스물둘의 나이에 나는 그 문제에 평생을 바치기로 결심했어. 6개월 동안 파고들었더니, 그물코를 뚫고 빛이 하나 비쳤네. 색소와 굴절의 일반 원리를 발견한 거야. 방법이 아니라, 일종의 개념이었지. 물질의 색깔 외의 다른 속성들은 모두 그대로 둔 채, 고체나 액체의 굴절률을 기체 수준까지 낮춘다는 개념이었지."

"휴, 들어도 잘 모르겠군. 그걸로 귀한 보석을 망가뜨릴 수 있다는 것은 이해할 수 있겠어. 하지만 사람을 눈에 안 보이게 하는 것은 훨씬 더 어려운 문제가 아닌가?"

"맞아. 하지만 가시성은 눈에 보이는 물체가 빛에 어떻게 반응하느냐에 따라 달라지지. 물체는 빛을 반사하거나 흡수하거나 굴절시키지. 세 가지를 다 할 수도 있고. 그런데 그 세 가지를 다 하지 않는다면? 볼 수 없어. 빨간 상자는 다른 빛깔은 다 흡수하고 빨간 빛만 반사하기 때문에 빨간색으로 보이는 거야. 모든 빛을 다 반사하면 하얀색으로 보이고. 표면 여기저기에서 빛을 반사하거나 굴절시키면 다이아몬드처럼 반투명하게 빛나게 되지. 아주 얇은 유리로 상자를 만들면 어떻게 될까? 반사도 굴절도 흡수도 거의 하지 않아서 잘 보이지 않아. 그 상자를 물이나 물보다 밀도가 높은 액체에 집어넣으면, 그 상자는 아예 안 보이게 되지. 물에서 유리로 들어가는 빛이 굴절되거나 반사되거나 흡수도 되지 않고 그냥 지나가니까."

"거기까지는 잘 알겠네. 하지만 사람은 유리가 아니잖나!"

"물론. 하지만 부서진 하얀 유리 가루를 물에 넣으면 그냥 물처럼 똑같이 투명해지지. 물과 굴절률이 거의 같기 때문이야. 종이도 마찬가지야. 종이 섬유도 사실은 투명해. 그런데 섬유로 만든 종이가 불투명한 것은 유리 가루와 마찬가지이기 때문이야. 종이에 기름을 먹이면 섬유와 굴절률이 비슷해져서 거의 투명해져. 사람의 뼈, 살, 머리카락, 손톱도 피의 색소나 검은 멜라닌 색소를 빼면 사실상 투명해. 인체의 모든 조직은 사실상 무색투명해."

"음, 해파리가 생각나는군."

"바로 그거야. 나는 내 연구 성과를 호시탐탐 노리는 교수의 눈을 피해서 새벽에 혼자 실험을 하곤 하다가, 마침내 색소까지 투명하게 만들 수 있는 방법을 떠올렸다네. 사람의 피가 지닌 기능을 그대로 유지한 채, 피를 무색으로 만드는 약을 개발했지."

"그럴 수가!"

"하지만 착상을 실제로 구현하기란 쉬운 일이 아니지. 그 뒤로 3년 동안 연구에 몰두했지만, 봉우리 하나를 오르고 나면 더 높은 봉우리가 나타나는 일이 되풀이되었어. 그러다 보니 돈이 다 떨어졌지. 나는 고심하다가 부친의 돈을 훔쳐서 런던에 방을 얻었네. 그곳에서 연구를 계속했어. 연구는 순조롭게 진행되었어. 거의 끝날 날이 가까워지고 있었어. 그런데 바로 그때 비극적인 사건이 일어났지."

"뭔데?"

"부친이 총으로 자살을 하셨네. 사실 내가 훔친 돈이 부친의 돈이 아니었던 거야. 하지만 부친은 자신이 책임을 져야 한다고 느꼈던 거지."

흠칫한 켐프는 서서 창밖을 내다보고 있는 투명 인간을 끌어서 자신의 자리에 앉혔다.

"피곤할 테니 앉아서 말하게. 아무튼 슬픈 일이군."

"별로. 나는 아버지가 가엾다는 생각은 별로 안 들어. 아버지는 어리석은 감상주의의 희생자일 뿐이야. 집으로 내려가 장례를 치르긴 했지만, 그냥 관습이니까 한 것뿐이야. 싸구려 관에 허술한 예식, 찬바람이 부는 언덕 비탈, 부친의 친구가 허리가 굽고 감기 걸린 채로 기도문을 읽는 모습이 생각날 뿐이야."

한계와 가능성

다싫달싶은 누군가의 뇌 속에 들어와 있었다. 주름이 잔뜩 져 있는 천장이 부드럽게 빛나고 있었다. 바닥과 벽에는 굵거나 가느다란 관들이 여기저기 뻗어 있었다. 신경 회로인 듯했다. 관 속으로 고동치듯이 불빛이 지나갔다.

"아얏!"

"앗, 미안해요."

"어떻게 된 거야? 서로 부딪히잖아?"

다싫달싶은 어쩔 수 없이 모습을 드러냈다. 다른 이들도 마찬가지였다. 열댓 명은 되는 듯했다. 그중에 어린 무사우루스도 있었다.

"안녕! 여기 원래 이런 거야?"

다싫달싶이 묻자, 무사우루스가 고개를 저었다.

"아니, 뭔가 오류가 난 거 아닐까?"

그들이 인사를 나누는 사이에, 몇 명은 그냥 사라졌다. 다섯 명만 남

았는데, 무슨 일이 일어나고 있는지 호기심이 동한 이들 같았다. 여기저기 만져 보는 사람도 있고, 신경 회로를 두드려 보는 사람도 있었다.

"원래 여기는 명상하러 오는 곳인데…."

"명상?"

"여기서 가만히 앉아 있으면 마음이 가라앉거든."

"각자의 뇌파에 맞추어서 차분하게 만드는 뇌파를 들려주니까. 물론 대개는 알아차리지 못하지."

트리케라톱스가 지나가면서 말했다. 그는 한곳을 톡톡 두드리더니 방석을 깔고 앉았다. 그리고 가부좌를 틀고는 눈을 감았다.

무사우루스가 속삭였다.

"저 사람은 여기에만 와. 늘 명상하고 있어. 따라 하는 사람도 꽤 많은데, 오늘은 없네."

"분위기가 바뀌어서 그런 거 아닐까?"

다싫달싫의 말이 맞는 양, 트리케라톱스는 분위기가 아니라고 느꼈는지 얼굴을 찌푸리더니 곧 모습을 감추었다.

"그러게. 오늘 여기 좀 이상해."

"일부러 이렇게 바꾼 거 아닐까? 모임을 가지라고?"

"글쎄. 굳이 여기서 그럴 이유는 없을 것 같은데? 명상이나 요가 교실을 만들겠다면 몰라도."

그때였다. 뒤쪽에서 문이 열리는 듯한 소리가 났다. 둘이 돌아보니, 정말로 없던 문이 생겨나서 열려 있었다. 케찰코아틀루스와 프테라노돈이 그 앞에 서서 이야기를 나누고 있었다.

"내 말이 맞지? 꼭 던전 탐험장 같다니까."

"애들 노는 곳으로 만들겠다는 것 아냐? 조용해서 좋았는데."

"우리 같은 사람은 그만 오라는 거겠지."

둘은 실망한 표정으로 사라졌다. 무사우루스가 소리쳤다.

“애들이 다 그런 건 아니죠. 나도 던전 탐험 같은 건 안 좋아해요.”

다싫달싶이 쳐다보자, 무사우루스는 인상을 썼다.

“나도 알아. 뒷북이면 어때. 이렇게라도 스트레스를 푸는 게 좋아. 물론 가끔 엄마가 듣고서 혼자서 헛소리 좀 그만하라고 말하지만.”

다싫달싶은 다가가서 문 너머를 들여다보았다. 어두컴컴해서 아무것도 보이지 않았다.

“넌 이런 탐험 좋아하나 보구나.”

“게임으로는. 우리 가 볼까?”

무사우루스가 고개를 젓자, 다싫달싶이 꾀듯이 말했다.

“궁금하잖아. 그리고 설마 여기에 던전을 만들 리가 있겠어?”

그 말에 무사우루스가 고민하는 표정을 지었다.

“그러면 뭐가 있을 것 같은데?”

“모르지. 그런데 여기가 바뀐 게 일부러 한 것이 아니라면, 이 안에 이

뭐야, 우리가 저 사람의
뇌 안에 들어와 있는 거야?

스터 에그가 있을지도 몰라. 아니라고 해도 던전은 아닐 게 분명해."

"음… 좋아."

둘은 안으로 들어섰다. 여전히 어두컴컴했지만, 저 멀리 아주 흐릿하게 작은 하얀 점 두 개가 떠 있는 것이 보였다.

"저쪽으로 가자."

"너무 불친절한 거 아냐? 들어오면 조명을 켜 줘야지."

둘은 구시렁거리면서 걸어갔다. 다가가니 하얀 점은 허공에 뚫려 있는 두 개의 구멍이었다. 무사우루스가 눈을 대고 들여다보았다.

"뭐가 보여?"

"누가 엎드려 자고 있는데?"

다싫달싫도 들여다보았다. 책상 위에 엎드려 자는 사람이 보였다.

"뭐야? 설마 이게 이스터 에그야? 우리가 자고 있는 이 사람의 뇌 안에 들어와 있다고?"

다싫달싶의 말에 무사우루스가 풋 하고 웃음을 터뜨렸다.

"와, 너 정말 해석 한번 잘한다."

그때 잠자던 사람이 갑자기 벌떡 몸을 일으키더니 위를 쳐다보면서 놀란 표정을 지었다. 그 순간 갑자기 바닥이 우르르 떨리기 시작했다. 마치 지진이 일어난 것 같았다. 둘은 저도 모르게 손을 잡았다. 그 순간 어디선가 외치는 소리가 들렸다.

"으악! 괴물이다!"

이어서 바닥이 푹 꺼지는가 싶더니, 둘은 추락하기 시작했다.

"으악!"

둘의 입에서 저도 모르게 비명이 터졌다. 곧이어 바닥에 쿵 떨어지는 느낌이 왔다. 그리고 주위가 환해졌다.

"으악! 괴물이다!"

다싫달싶의 입에서 저도 모르게 그 말이 튀어나왔다. 날개 달린 괴물

들이 눈앞에서 날고 있었다. 그때 옆에서 킥킥거리는 소리가 들렸다.

"푸하하. 야, 괴물은 무슨. 그림이야!"

그 말에 정신을 차리고 다시 보니, 그림이었다. 엎드려서 자고 있는 사람 위로 부엉이와 박쥐가 떠 있는 그림이었다. 둘은 그림 속에 들어와 있었다. 진짜 현실처럼 삼차원으로 재구성한 그림이었다.

자세히 보니 부엉이 한 마리의 눈에 구멍이 나 있었다. 저 안에 있다가 떨어졌다는 뜻인 듯했다.

"프란시스코 고야의 그림이야. 〈이성의 잠은 괴물을 낳는다〉라는 제목이지. 우리가 저 사람의 꿈속에 나타난 괴물이라는 뜻일까?"

다싫달싫은 창피하고 어색한 기분을 감추면서 물었다.

"그림 좀 아나 보네?"

"바보니? 저기 적혀 있잖아!"

그러고 보니, 바닥 한쪽에 붙은 금색 명판에 제목이 적혀 있었다. 더

욱 얼굴이 빨개지는 느낌이 들었다.

"여기 미술관 같은데? 이쪽으로 가 보자."

무사우루스가 손을 잡고서 뒤쪽으로 끌었다. 몸을 돌리는 순간 눈앞에 펼쳐진 광경에 다싫달싶은 다시금 비명을 질렀다. 커다란 솥을 머리에 쓴 새 같은 괴물이 사람을 집어삼키고 있었다.

"으악, 괴물!"

그때 무사우루스가 머리를 콩 때렸다.

"으이그. 정신줄 놓았니? 그림이라니까. 우리는 히에로니무스 보스가 그린 〈세속적인 쾌락의 정원〉 안에 와 있어. 정말로 진짜 같은데?"

무사우루스는 신이 난 것 같았다. 반면에 다싫달싶은 한 번 놀란 가슴이 쉽사리 진정되지 않았다. 거대한 하프와 류트가 눈앞에 나타났고, 악기 안과 주위로 고문을 받는 사람들이 가득했다. 그림 속 장면들이 진짜인 양 너무나 생생하게 삼차원으로 펼쳐졌다.

속이 거북해진 다싫달싫은 신이 나서 여기저기 살펴보고 있는 무사우루스의 손을 잡아끌었다.

“빨리 여기서 나가자.”

“어어… 왜 이래? 이게 이스터 에그라면 나중에 못 볼 수도 있는데!”

다싫달싫은 바닥만 보면서 빠르게 걸음을 옮겼다. 사람의 맨발과 괴물의 발이 빠르게 스쳐 지나갔다. 잠시 뒤 메마른 모래땅이 나타나자, 안도하면서 고개를 들었다. 새 부리를 한 속눈썹 긴 괴물이 쓰러져 있고, 그 위에 녹아내린 시계가 놓여 있었다.

둘은 동시에 내뱉었다.

“와, 〈기억의 지속〉이잖아! 내가 좋아하는 그림이야!”

“여긴 괴물 그림밖에 없는 거야?”

둘은 상대가 무슨 말을 했는지 알아차리자, 좀 미안한 표정이 어렸다.

“미안, 내가 너무 내 생각만 했어.”

"나도…."

둘은 잠시 어색하게 어정쩡한 자세로 서 있었다. 그러다가 무사우루스가 입을 열었다.

"생각해 보니까 이 그림들이 무엇을 말하는지 알겠어. 상상이야. 뇌가 어떤 상상을 할 수 있는지를 보여 주려는 것 같아. 그러면 괴물이 안 나오는 상상 그림도 있을 거야."

무사우루스는 혼자 중얼거리더니, 주위를 둘러보았다.

"어딘가 안내도가 있을 텐데… 그나마 저게 지도처럼 보이네."

무사우루스는 탁자로 다가가더니, 개미들이 잔뜩 올라가 있는 빨간 회중시계를 들여다보았다. 무사우루스가 개미들을 탁 떨어낸 뒤, 시계의 꼭지를 꾹 누르자 뚜껑이 열리면서 지도가 보였다.

"음… 우리가 있는 곳이 여기니까… 좋아, 오른쪽이야."

무사우루스는 지도를 머릿속에 담은 양, 회중시계를 주머니에 넣고

당당하게 걸어갔다. 다싫달싫은 좀 움츠러든 자세로 쭈뼛거리면서 뒤를 따랐다. 둘은 거대한 얼굴 속으로 들어갔다가 하늘에 뜬 풍선 위로 나왔다가 길쭉하고 꼬불꼬불한 집을 지나면서 계속 나아갔다. 다싫달싫의 입에서 저도 모르게 같은 질문이 몇 번이나 튀어나왔다.

"맞게 가고 있는 거야?"

"맞다니까."

무사우루스는 뒤도 돌아보지 않은 채 대꾸하면서 걸어갔다. 얼마나 걸었을까. 이윽고 무사우루스가 걸음을 멈추었다.

"자, 여기는 어때?"

남자와 여자가 껴안고 있고, 그 앞쪽에서 닭이 하늘을 날고 있었다.

"음… 왠지 마음이 푸근해지는 것 같아."

"그렇지? 샤갈 그림이야. 부드러우면서 따뜻한 느낌을 줘. 저 염소 너무 귀엽게 생기지 않았니?"

둘은 이리저리 돌아다니면서 하늘을 날고 있는 사람들과 닭, 당나귀, 염소, 물고기를 구경했다.

"그림을 좋아하나 봐?"

다싫달싫의 물음에 무사우루스는 꿈꾸는 듯한 표정을 지었다.

"글쎄, 나도 잘 모르겠어…. 왜, 좋아하면 알게 된다고 하잖아? 그런데 요새는 너무 많이 알게 된 나머지, 좋아한다고 착각하는 것이 아닐까 하는 생각이 들곤 해. 그림만이 아니라니까. 음악도 좋아하는 것 같고, 역사에도 소질이 있는 것 같다니까."

"재능이 많다고 투덜대는 거야?"

"재능이 아니라 주입식 교육의 후유증을 말하는 거야. 넌 상상력이 부족하구나. 인공 지능 시대는 논리의 비약을 요구하건만. 이만 가자."

"어디로?"

"응? 아, 숙제할 시간이라서. 그럼 다음에 또 봐."

뇌는 왜 가상 현실에 속을까?

우리 뇌는 주변 환경에서 모든 정보를 있는 그대로 다 받아들이는 것이 아니다. 실제로 그렇다면 뇌가 처리할 정보가 감당할 수 없을 만치 많아질 것이다. 하지만 우리 감각 기관은 능력 자체가 한정되어 있다. 한 예로, 눈의 망막은 중심 부분에만 빛을 받아들이고 색을 구분하는 원뿔 세포가 빽빽하게 모여 있다. 그래서 그 부위에 닿는 영상만 선명하게 보고 나머지 부위의 영상은 잘 못 본다. 또 망막에는 아예 영상을 감지 못하는 맹점이라는 부위도 있다. 하지만 그렇게 들어오는 정보가 누락되어도 뇌는 알아서 채운다. 맹점 바로 옆의 망막에 파란 하늘이 비친다면, 맹점 부위의 상도 파란 하늘이라고 알아서 판단한다.

이렇게 부족한 정보를 토대로 나름의 판단을 내리다 보니, 뇌는 착각을 일으키기도 쉽다. 착시 현상이 대표적이다. 가상 현실은 뇌가 이렇게 착각을 일으키는 현상을 이용한다. 방에서 가상 현실 장치를 쓰고서 가상 현실에 들어가면, 어두운 직선 통로를 계속 걷게 될 수도 있다. 하지만 현실에서는 방을 빙빙 돌고 있다. 뇌가 알아차리지 못하는 수준으로 걷는 방향을 살짝 비끼게 해 놓았기 때문이다.

하지만 가상 현실이 눈은 속여도 귀의 평형 기관은 속이지 못할 수 있다. 그러면 눈은 폭풍우를 만나 마구 요동치는 배에 타고 있다고 말하는데, 귀는 그냥 가만히 있다고 뇌에 알려 줄 수 있다. 그럴 때 시각 정보와 청각 정보가 어긋나며, 그 결과 멀미가 생기고 속이 거북해질 수 있다.

우리는 주로 시각 정보를 이용하는 동물이기 때문에, 가상 현실도 시각 위주로 구성되어 왔다. 그 결과 멀미를 느끼는 이들이 많다. 따라서 앞으로의 가상 현실 기술은 오감을 다 이용하는 방향으로 나아갈 가능성이 높다.

거꾸로 가상 현실 장치로 뇌에 착각을 일으킬 수 있다는 점을 치료에 이용하려는 노력도 이루어지고 있다. 뇌졸중 등으로 몸에 마비 증상이 생긴 환자에게 가상 현실 기기를 씌운 뒤, 가상 현실에서 멀쩡한 아바타로 돌아다니게 하면 증상이 나아지지 않을까 연구하는 과학자들도 있다. 이렇게 말하니, 영화 〈아바타〉의 내용 같다.

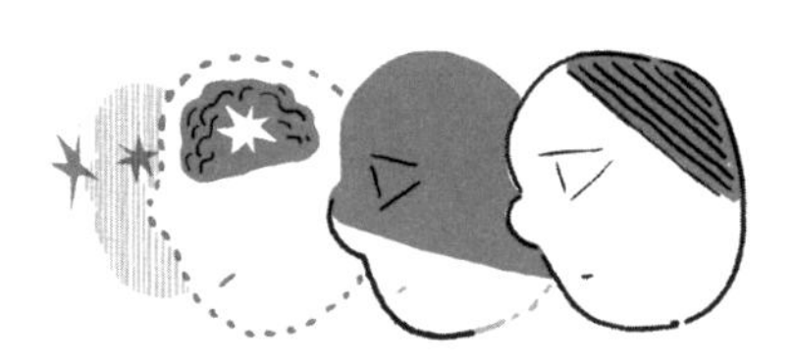

투명 인간이 되다

"방으로 돌아가니 홀가분함이 느껴졌지. 실험이 시작되기만을 기다리는 친숙한 실험 기구들을 보니 마음이 편해졌어. 게다가 이제 세부적인 사항들만 남아 있을 뿐이었으니까."

"세부 사항들이 뭔가?"

그리핀은 세부 사항이 대부분 부랑자가 훔쳐 간 일지에 암호로 적혀 있다고 했다. 그는 굴절 지수를 낮추어서 투명하게 만들 물질을 일종의 에테르 진동을 방사상으로 뿜어내는 두 중심점 사이에 놓는 것이 핵심이라고 말했다.

"자세한 내용은 나중에 말해 주지. 지금은 그 녀석을 추적해 잡아야 해. 일지를 되찾아야 하거든. 아무튼 나는 처음에 하얀 모직물로 실험해 봤지. 불빛이 부드럽게 깜박이는 가운데 모직물이 서서히 연기처럼 사라져 갔네. 내가 해냈으면서도 도저히 믿어지지가 않았지. 천이 있던 곳을 만져 보니, 천은 여전히 있었어."

"정말 기묘했겠어."

"맞아. 그런데 바로 그때 뒤에서 고양이가 우는 소리가 들렸어. 창밖에 바짝 마르고 지저분한 고양이가 한 마리 있더군. 정말 상황이 딱 맞아 떨어지는 순간이었지. 나는 고양이에게 우유를 주어서 좀 편안하게 한 뒤, 피를 탈색하는 약을 주사하고 마취시켜서 장치에 올려놓았어."

"얼마나 걸렸나?"

"고양이가 사라지기까지 서너 시간이 걸렸지. 살과 내장이 먼저 사라지고, 뼈와 힘줄과 지방이 나중에 사라졌어. 이윽고 색깔을 띤 털끝까지 다 사라졌지."

"성공했군."

"아니, 실패했네. 고양이 눈 뒤쪽에 반사막이 있는 걸 알고 있겠지? 이유는 모르겠지만, 그건 투명해지지 않았어. 그래서 고양이의 몸은 사라졌는데 눈은 보이는 거야. 유령처럼. 초록색으로 빛나는 눈과 발톱만 보였지."

"정말 이상하군."

"나도 이유를 설명할 수가 없네. 아무튼 고양이가 깨어나서 계속 우는 바람에, 결국 창문을 열어서 내보냈지. 사실 그 고양이는 아래층에 사는 술에 찌든 할머니가 기르던 녀석이었어. 마취시키기 전에 소리가 나서 할머니가 찾아오기도 했지. 다행히 마취시켜서 들키지 않았는데, 바로 그 고양이 때문에 문제가 생겼어."

"할머니가 투명 고양이를 발견했나?"

"아니. 고양이는 길에서 떠돌다 죽은 듯해. 그런데 할머니가 하숙집 주인 영감에게 내가 고양이를 학대한다고 떠든 모양이야. 내 방에서 나는 고양이 소리를 들었다는 거지. 주인 영감이 찾아와서는 법으로 생체 해부를 금하고 있기 때문에, 하숙집에서 해부를 하면 그 책임을 자기가 져야 한다고 항의를 하더군. 내가 아니라고 해도, 밤에 온 집 안에서 가스 발전기가 돌아가는 진동을 느꼈대. 그러면서 방 안을 샅샅이 훑는 거야. 고양이는 없었지만, 나는 주인이 내 비밀을 알아차릴까 봐 겁이 났지. 영감은 내가 수상쩍은지 계속 캐물었어. 왜 늘 혼자만 있냐, 내가 하는 실험이 합법적이냐, 위험한 것은 아니냐고 하면서, 자기 집이 이 동네에서 가장 평판이 좋다고 하더군. 문제를 일으키지 말라는 투였어. 듣고 있자니 점점 짜증이 났어. 그래서 나가라고 했더니 자기는 들어올 권리가 있다고 소리를 지르는 거야. 결국 멱살을 잡아서 밀어내고 문을 쾅 닫았지. 영감은 난리를 피우다가 가 버렸어."

"하숙집 주인이 그냥 물러났을 리가."

"맞네. 주인 영감이 가고 나니 걱정이 되더군. 그가 무슨 짓을 하든 간에 연구가 방해를 받을 게 뻔했으니까. 이사를 가도 그만큼 연구가 지체될 테고. 돈도 얼마 없었어. 아무리 고심해도 해결책은 하나밖에 없었네. 투명 인간이 되는 거였지!"

"조급했던 모양이군."

“그래, 연구가 막바지에 이르렀는데 지체되거나 중단되거나 비밀이 드러날지 모른다고 생각하니, 도저히 견딜 수가 없었어. 나는 서둘러 일지 세 권과 수표책을 들고 우체국으로 가서, 여행자를 위해 물품을 보관하는 곳으로 보냈어. 집으로 가니 영감이 내 방으로 올라가는 모습이 보이더군. 나는 재빨리 올라가서 문을 쾅 닫았네. 그리고 밤에 장치를 작동시켰네. 다 끝나고 약 기운에 메스껍고 졸린 상태로 있는데, 계속 문을 두드리는 소리가 들렸어. 참다못해 문을 벌컥 열었지. 주인이 퇴거 통지서를 들고 왔더군. 내가 받으려고 손을 내미는 순간, 주인이 멍하니 나를 쳐다보더군. 그러더니 비명을 지르면서 촛불까지 떨어뜨리고 계단을 뛰어 내려갔어.”

“투명해진 건가?”

“아니, 변하는 중이었네. 거울을 보니 얼굴이 새하얗더군. 난 변하는 과정이 그토록 고통스러운지 몰랐네. 밤새도록 통증과 구역질, 어지럼증, 열기에 시달렸어. 그래도 참았지. 그러다가 결국 의식을 잃었어.”

투명 인간은 잠시 말을 멈추었다가 계속했다.

“그날 새벽은 영원히 잊지 못할 거야. 손이 흐릿한 유리처럼 보이다가 점점 투명해져 가던 모습. 투명한 눈꺼풀을 감았는데도 고스란히 보이는 어질러진 방, 뼈와 동맥이 희미해지다가 사라지는 광경. 두렵기도 했어. 이윽고 하얀 손톱 끝과 산에 변색된 손가락의 얼룩만 남았어.”

“그렇게 해서 투명 인간이 된 거군.”

"맞아. 그런 뒤 침대에 누워 잠이 들었어. 다시 문 두드리는 소리가 들려서 깨어나니 한낮이었네. 주인 영감 말고도 두 명이 더 와 있었네. 그들은 빗장이 걸린 문을 열려고 쾅쾅 밀어 대고 있었어. 나는 서둘러 증거를 없애야 했어. 그래서 종이와 짚 같은 것을 방 한가운데 쌓아 놓고 가스를 틀었어. 그런데 성냥을 못 찾겠는 거야. 할 수 없이 다시 가스를 잠그고 창문을 열고 나가서, 물탱크 위에 앉아서 지켜보았지. 문짝이 쪼개지면서 노인과 젊은 아들 둘이 들어왔어. 그들은 방 안에 아무도 없는 것을 알고 놀란 표정이었네. 여기저기 살피다가 결국 안에서 소리를 들은 것이 착각이라고 결론을 내리더군. 그러면서 내가 전기 기술자라는 둥 온갖 추측을 하면서 떠들어 댔지. 나는 그들이 떠드는 동안, 슬쩍 빠져나와 아래층으로 가서 성냥갑을 찾았네. 그리고 그들이 내려온 틈을 타서 올라가 불을 붙이고 떠났네."

"하숙집을 불태웠다는 건가!"

"그래, 비밀을 유지하려면 어쩔 수 없었어. 게다가 아마 보험에 들어 놓았을 거야. 밖으로 나오니 보이지 않는다는 것이 어떤 이점이 있는지 깨닫기 시작했어. 그리고 온갖 기발한 구상이 머릿속에 떠올랐지."

하지만 집 밖으로 나오는 순간부터 그리핀은 투명함이 장점보다는 단점이 많다는 점을 실감했다. 처음에는 손발이 보이지 않아서 자꾸 비틀거리고 어색하게 움직였다. 남의 등을 때리거나 모자를 던지거나 하면서 골려 주고 싶다는 생각을 했지만, 오히려 지나가는 사람의 바구니에 세게 부딪히거나 누가 달려오다가 뻗은 손가락에 귀 밑을 찔리기도 했다. 사람들에게 발을 밟힐 뻔도 하고, 울퉁불퉁한 길을 맨발로 걷자니 발이 아팠다. 지나가던 마차에 치이기도 했다.

게다가 그때가 한겨울인 1월이었으니 무척 추워서 오들오들 떨기도 했다. 냄새를 잘 맡는 개에게 쫓기기도 했다. 진흙에 발자국이 찍히면서, 뒤쫓아 오는 사람들에게 정체가 들킬 뻔도 했다. 사람들이 많은 길을 다닐 때마다 여기저기 부딪히다가 달아나야 했다. 게다가 눈이 내리는 바람에 윤곽이 드러날까 봐 피해야 했고, 재채기가 나올 때마다 조심해야 했다.

투명 인간이 그런 이야기를 하다가 생각에 잠길 때마다, 켐프는 창밖을 흘깃거리면서 이야기를 재촉했다.

"그래서? 그다음에는?"

"추위도 피할 겸 들키지 않을 만한 곳이 어디일까 생각하는데 백화점이 떠오르더군. 게다가 거기에 고기와 채소, 옷 등 온갖 물건이 다 있다는 것도. 그런데 막상 들어가니까 지나다니는 사람들이 너무 많더군. 도무지 안전한 곳이 아니었어."

그는 사람들을 피하면서 돌아다니다가 이윽고 침대와 매트리스가 쌓여 있는 구석을 찾아냈다. 그는 폐점할 때까지 거기에 숨어 있었다. 이윽고 백화점이 텅 비자, 그는 나와서 돌아다니기 시작했다.

"먼저 속옷 파는 곳으로 가서 양털로 된 속옷을 찾아냈지. 두꺼운 양

말도. 그런 뒤에 바지와 재킷을 찾아 입었고. 외투와 모자도 구했어. 그렇게 차려입고 나니, 다시 인간으로 돌아온 것 같은 기분이 들더군. 이제 음식을 먹을 차례였어. 식품 파는 곳으로 가니, 끓여 놓은 커피가 그대로 있더군. 데워서 먹었지. 그리 나쁘지 않았어. 더 돌아다니니까 초콜릿과 과일도 많이 보였어."

그의 모험담은 계속 이어졌다.

"이제 잠을 잔 뒤에 아침에 위장을 하고서 사람들 사이에 섞여서 나가면 되었지. 그런데 계속 악몽을 꾸다가 너무 늦게 일어난 거야. 안이 이미 환해진 상태였지. 저쪽에서 두 명이 다가오는 것이 보였어. 내가 허겁지겁 일어나서 어느 쪽으로 달아날까 생각하는데, 그들이 내가 움직이는 소리를 들은 거야. 그들은 내가 달아나는 모습을 보고는 소리쳤어. '거기 누구야?', '거기 서!' 내가 재빨리 모퉁이를 도는데 한 소년이 나를 본 거야. 얼굴이 없는 모습을. 소년이 비명을 질렀지. 나는 서둘러 달아났는데, 뒤에서 문을 모두 막으라는 소리가 들렸어. 어느 카운터 뒤에 엎드려서 어떻게 할까 고심하고 있는데, 다시 들켰지. 쫓기면서 백화점 이곳저곳으로 계속 달아나야 했어."

이윽고 경찰까지 달려오는 바람에 결국 그는 선택을 해야 했다. 애써 훔친 옷을 다 벗고 물건도 다 버려야 했다. 돈도 다 버리고 다시 투명한 상태로 돌아갈 수밖에 없었다. 그렇게 맨몸으로 떠나야 했다.

"이제 투명하다는 것이 얼마나 불리한지를 자네도 알아차렸을 거야.

나는 집도 없고 옷도 없어. 옷을 입으면 괴물처럼 보이지. 게다가 편하게 먹을 수도 없어. 음식을 먹으면 소화되기 전까지 고스란히 밖으로 비치니까. 사람들이 많은 곳도 피해야 해. 눈도 비도 맞을 수 없어. 안개가 낄 때나 먼지가 자욱할 때도 못 나가지. 윤곽이 보일 테니까."

"런던 날씨 때문에 더욱 불리하겠군."

그리핀은 고개를 끄덕이고는 말을 계속했다.

"사람이 없는 곳을 걷다가 문득 연극용 무대 의상을 파는 곳이 생각났어. 가발과 가면, 안경 같은 것으로 몸을 감싸면, 좀 이상해 보이겠지만 그래도 다른 사람들처럼 돌아다닐 수 있을 것이라고 생각했지. 그래서 가게를 찾아 들어갔는데, 주인이 굉장히 귀가 밝고 예민한 사람이었어."

"거기서도 실패했나?"

"그럴 뻔했지. 너무나 예민한 녀석이었거든. 작은 인기척조차도 눈치채더군. 녀석은 누군가 집에 있다는 것을 눈치 채고서 문과 창문을 꽁꽁 잠갔어. 그리고 권총을 들고 구석구석 살피기 시작했어. 도저히 두고 볼 수가 없더군. 결국 의자로 머리를 때려서 기절시켰어."

"기절시켰다고? 그럼 강도 짓을 한 건가?"

"어쩔 수 없었어. 녀석을 시트로 꽁꽁 감싸 놓은 뒤, 먹을 것을 찾아 먹고 변장을 했지. 돈도 좀 꺼냈고. 변장하고 거울을 보니 부자연스럽긴 하더군. 그래도 막상 나와서 걸으니까 사람들이 별로 관심을 보이지 않았어. 그러니까 다시 자신감이 솟구치더군."

"어떤?"

"무슨 일이든 할 수 있다는 것. 문제가 생기면 옷을 벗고 사라지면 되니까. 아무 데서나 돈을 집을 수도 있고, 푸짐하게 먹고, 좋은 호텔을 잡고, 새 옷도 구할 수 있을 거라고 생각했어."

"그런데 생각과 달랐던 모양이군?"

"막상 식당에 들어가서 점심을 주문한 뒤에야 깨달았지. 음식을 먹으려면 투명한 얼굴을 드러낼 수밖에 없어. 사람들이 뻔히 보는 식당에서는 음식을 먹을 수가 없었던 거지. 결국 주문을 취소하고 다시 나올 수밖에 없었네."

"안됐군."

"생각하면 할수록 춥고 지저분한 날씨와 혼잡한 도시에서 투명 인간이 된다는 것이 얼마나 무력하고 어리석은 짓인지를 실감했지. 이 미친 실험을 하기 전에는 온갖 이점을 꿈꾸었지. 그런데 실제로 투명 인간이 되니 실망스러운 점들만이 가득해 보였어. 원하는 것들을 손에 넣으면 뭐 하나. 즐길 수가 없는데. 높은 자리에 올라도 사람들 앞에 나타날 수가 없어. 사랑을 얻은들 무슨 소용이 있겠나? 나는 정치에도 관심이 없고, 망나니 짓이나 자선 활동이나 스포츠에도 관심이 없어. 그러니 붕대로 몸을 감싼 인간 캐리커처가 되었을 뿐이었어!"

투명 인간은 말을 멈추었다. 그러면서 창밖을 내다보려고 했다. 켐프는 재빨리 다시 질문을 했다. 말을 계속 시켜야 했다.

"그런데 아이핑에는 왜 간 건가?"

"되돌릴 방법을 연구하기 위해서였네. 원할 때 말이야."

"그런데 문제가 생긴 거군?"

"맞아. 그 멍청이들, 왜 나를 가만 놔두지 않은 거지? 그리고 내 일지를 갖고 도망친 멍청이도 있지. 그토록 오랜 세월을 연구하고 계획하고 다 했는데. 이제야 비로소 성과를 보려고 하는데, 온갖 멍청이들이 방해한다고 생각해 봐. 온갖 어리석은 인간들이 나를 방해하려고 온 것 같아. 또 그러면 돌아 버릴 것 같아. 모조리 쓸어버릴 거야."

"정말 분통이 터지겠어."

켐프가 싸늘하게 말했다.

달라지기

"사과문 떴어. 업그레이드 오류였대."

"나도 봤어. 그 문도 오류 때문에 나타난 건가 봐. 없어졌더라."

다싫달싶은 그때 문을 열었던 익룡들에게 어떻게 했는지 물어보았다. 그들은 우연히 한곳을 두드렸더니 열렸다고 했다. 그래서 다싫달싶은 그들이 말한 곳을 두드렸지만, 문은 열리지 않았다.

"알아, 나도 해 봤어. 안 되더라."

둘은 심해 잠수정에 타고 있었다. 잠수정을 감싸고 있는 거대한 대왕오징어의 빨판이 유리창 너머로 보였다. 잠시 뒤 대왕오징어가 포기하고 떠나자, 백상아리만 한 거대한 초롱아귀가 불빛을 반짝이면서 다가와서 날카로운 이빨을 드러냈다. 이어서 선체를 갉아 대는 효과음이 들리기 시작했다.

"왜, 다시 가 보고 싶어?"

무사우루스가 물었다. 다싫달싶은 좀 품위 있어 보이는 단어가 없을

까 궁리했다.

“음, 그때 내가 좀 허둥거리다가 놓친 게 많은 것 같아서.”

“솔직히 말해. 왠지 던전 탐험 같아서 그런 거지?”

이럴 때면 캐묻는 눈빛이 공룡의 것이 아니라 마치 사람의 것 같아서, 다싫달싶은 둘러대기가 어려웠다.

“맞아. 다시 생각해도 딱 그거야. 이스터 에그가 아니라 새로 구상하고 있는 서비스일 가능성이 높아. 탐험과 미술관을 결합한 것이 아닐까?”

“괴물이 많을 텐데?”

무사우루스가 놀리듯이 묻자, 다싫달싶은 변명했다.

“어, 내가 원래 괴물에 강해. 던전 탐험이 원래 괴물을 물리쳐야 하는 거잖아. 그때는 처음에 너무 놀라는 바람에… 너무 진짜 같아서….”

다싫달싶이 눈치를 보면서 어물거리자, 무사우루스는 피식 웃으면서

새로운 서비스를 구상하는
내부 개발자용인 것 같아.
갖다 주러 들어가자.

주머니에서 뭔가 꺼냈다.

"어, 그건…."

"맞아. 깜박 잊고 들고 나왔어. 아이템 하나 획득한 거지."

무사우루스가 빨간 회중시계의 뚜껑을 열자 지도가 나타났다. 대서양이라고 표시된 곳에서 빨간 점이 깜박이고 있었다.

"내부 개발자용인 것 같아. 누가 찾고 있을 거야. 다시 갖다 놓아야 해."

다싫달싶은 좋은 핑계라고 생각했지만, 굳이 말하지 않기로 했다.

"그런데 들어갈 수가 없잖아?"

그러자 무사우루스는 시계를 든 손목을 빙빙 돌리면서 말했다.

"이게 지도잖아. 뒤졌더니 다른 길이 있더라고. 바로 여기에."

둘은 서로 쳐다보면서 빙긋 웃었다.

잠시 뒤 다싫달싶은 잠수정의 조종간을 아래로 향했다. 잠수정이 빠르게 하강했다. 이윽고 빨간 관벌레들에게 에워싸인 심해 열수 분출구

가 보였다. 잠수정이 줄어들더니 검은 연기 기둥 속으로 쏙 들어갔다. 사방이 어두컴컴해졌다.

………

"여기서는 투명해지지가 않네."

"투명화 기능을 나중에 덧씌우는 게 아닐까?"

둘은 헉헉거리면서 알렉산더 콜더의 모빌과 파울 클레의 그림 속 블록 위를 건너뛰면서 나아갔다.

"상상이 꼭 이렇게 어려워야 해? 아스가르드의 비프로스트처럼 만들면 좀 좋아?"

철사로 된 물고기 등 위에서 잠시 쉬면서 다싫달싶이 투덜거렸다.

"응? 뭐라고?"

"있어. 북구 신화에서 미드가르드와 아스가르드를 연결하는 다리지. 중간계와 신들의 세계를 연결해. 상상이라면 그 정도는 되어야지."

"와, 너도 뭔가 좀 아는데?"

다싫달싶은 영화에서 봤다는 말은 하지 않았다. 둘은 다시 건너뛰기 시작했다.

"이런. 여기는 어디야?"

색깔 블록들이 레고 블록처럼 쌓인 클레의 사원을 지나자마자, 갑자기 빌딩 숲이 나타나는 바람에 둘은 깜짝 놀랐다.

"미술관에 왜 도시가 있어? 엄청 커 보이는데?"

다싫달싶이 어처구니가 없다는 듯이 말하자, 무사우루스는 지도를 들여다보았다.

"위르빌이라고 나오네. 진짜 도시인가 봐."

둘은 잠시 멍하니 서서 도시를 바라보았다.

"이 길은 포기해야 하겠네."

다싫달싶은 중얼거렸다. 갑자기 기운이 쭉 빠지는 느낌이었다. 목이

마르고 배도 고팠다. 무사우루스도 한숨을 내쉬었다.

"그래, 어쩔 수 없지. 그래도 왔으니까 뭐라도 먹을까?"

둘은 도시로 들어가서 가까운 빵집으로 향했다. 둘은 우유와 빵을 주문해서 먹기 시작했다.

"정말 놀라운 기술이야. 어떻게 가상 현실인데 진짜처럼 갈증과 허기를 메우는 거지?"

둘은 배불리 먹은 뒤 느긋하게 주위를 둘러보았다. 그때 누군가 다가왔다.

"안녕, 공룡 아바타라니. 여기서는 보기 힘든데. 너희 여기에 처음 오는 모양이구나."

안경을 쓴 40대처럼 보이는 여성이었다. 손에는 커다란 업무 수첩과 볼펜을 들고 있었다.

"네…."

다싫달싶은 어정쩡하게 대꾸하면서 무사우루스와 눈을 마주쳤다. 무사우루스가 에휴, 들켰구나 하고 생각하는 것이 눈에 보였다. 그 순간 상대가 해결책을 알려 주었다.

"사전 체험단에 뽑힌 거니?"

"네, 맞아요!"

둘은 이구동성으로 큰 소리로 대답했다. 여성은 웃으면서 말했다.

"그렇게 소리치지 않아도 돼. 여긴 넓어서 돌아보려면 꽤 시간이 걸릴 텐데…."

그때 무사우루스가 재빨리 물었다.

"네, 조금만 보고 가려고요. 그런데 여기에 왜 도시가 있어요? 미술 작품 탐험 공간 아닌가요?"

"맞아, 이 도시도 미술 작품이야. 질 트레앙이 상상한 도시. 나중에 찾아봐. 난 점검할 게 많아서."

여성이 떠나자, 무사우루스가 손뼉을 쳤다.

"맞아, 기억났어. 자폐 서번트 화가. 20년 동안 1200만 명이 사는 도시를 상상해서 그렸다고 했어."

"헉! 서울만 하다는 거잖아? 어떻게 지나가지? 포기…."

"택시!"

다싫달싫은 멋쩍은 표정으로 무사우루스를 따라 택시에 탔다.

"수선화궁으로 가 주세요."

"거기가 어디야?"

"이 도시 속 미술관이야."

"거기에 통로가 있어?"

다싫달싫이 묻자 무사우루스는 지도를 들여다보며 말했다.

"표시는 안 되어 있지만, 왠지 거기에 있을 것 같아. 설마 이 도시를 다 지나가라고 할 리는 없잖아? 상상력 없게."

다싫달싫은 창밖을 내다보았다. 까마득히 솟은 건물들 사이로 중세 유럽의 거대한 궁전이 곳곳에 보였다. 멀리 항구에 돛을 줄줄이 단 범선들도 보였다. 남산만 한 산의 꼭대기까지 십층쯤 되는 건물들이 빼곡히 들어차 있는 것도 보였다. 건물 사이로 전철이 올라가고 있었다. 이게 다 상상의 산물이라니, 경이롭기 그지없었다. 여기서 그냥 하염없이 돌아다녀도 좋을 것 같다는 생각이 문득 들었다.

택시는 크고 작은 반구형 종탑이 두 개 솟아 있는 건물 앞에 섰다.

"흠, 기대되는걸?"

그런 무사우루스를 보면서 다싫달싫은 놀려 댔다.

"던전 탐험은 싫어한다며? 애들 놀이가 뭐가 좋다고, 쯧쯧…."

"이건 애들 놀이 수준이 아니거든. 엄청난 상상의 세계를 탐험하는 거라고!"

다싫달싫은 게임 속도 상상의 세계라는 말을 하려다가 참았다.

미술관 안으로 들어가니 현대 미술 전시회가 열리고 있었다. 무사우루스는 여기서도 자신만만하게 앞으로 나아갔다.

둘은 그냥 물감을 마구 뿌리거나 덧칠하거나 긁어 대거나 점이나 선을 마구 찍어 댄 듯한 작품들 속을 지나갔다. 물감이 거미줄처럼 온몸에 달라붙었다. 그러면서 온몸이 알록달록하게 물들었다.

"대체 이런 그림이 뭐가 좋다는 거야?"

다싫달싶이 투덜거리자, 무사우루스가 피식 웃으면서 대꾸했다.

"네네, 상상력을 발휘해 보세요."

다싫달싶은 속으로 상상력을 발휘하려고 애썼지만, 그냥 자기가 더 잘 그릴 수 있겠다는 생각만 들었다.

계속 나아가니 왠지 주위가 점점 좁아지면서 어두워지는 듯했다. 다싫달싶은 다시 괴물이 튀어나올 것 같은 기분에, 긴장하면서 마음을 다잡았다.

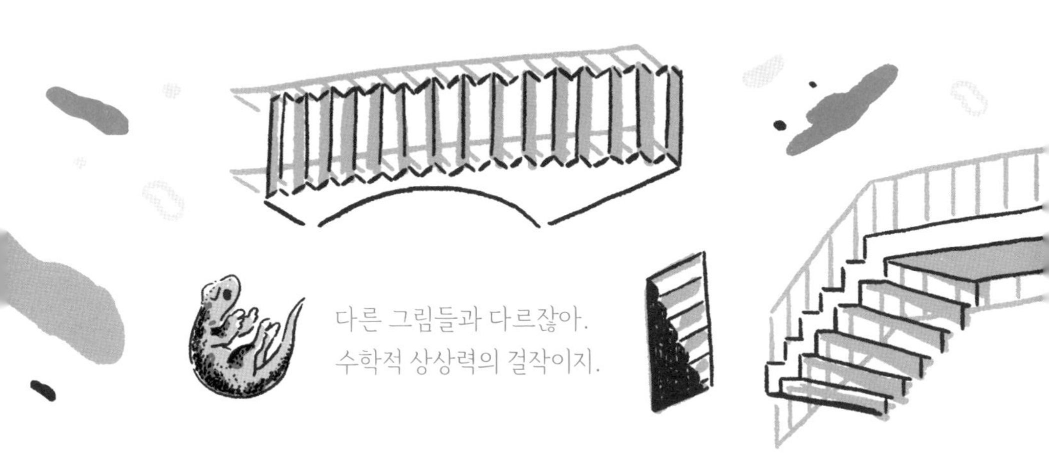

"이 길이 맞…."

"저거다!"

또 말이 막히자, 다싫달싫은 앞으로는 꼭 숫자를 5까지 센 다음에 말을 해야겠다고 마음먹었다. 아니면 10까지 셀까?

둘은 계단에 서 있었다. 좌우와 위아래로 계단과 통로가 끝없이 이어져 있었다. 옆으로 서 있거나 뒤집혀 있는 계단과 통로도 보였다.

"에셔의 〈상대성〉이야. 많이 본 그림이지?"

다싫달싫은 하나, 둘… 다섯까지 센 다음에 "응."이라고 대답하려고 했지만, 무사우루스가 먼저 말했다.

"이 그림 정도는 알 줄 알았는데?"

"나도 알아! 그런데 왜 이 그림이야?"

"다른 그림들과 다르잖아. 수학적 상상력의 걸작이지. 저쪽 문으로 들어가 보자."

그들은 가까이에 보이는 문 중에서 유일하게 닫혀 있는 문을 열고 들어갔다.

"아무래도 잘못 들어온 것 같은데…."

무사우루스가 중얼거렸다. 눈앞에 까마득히 높이 솟은 매끈거리는 벽이 끝없이 펼쳐져 있었다. 다싫달싶은 뒤돌았지만 문은 사라지고 없었다. 뒤에도 마찬가지로 벽이 높이 솟아 있었다. 벽 사이로 군데군데 막힌 듯한 통로가 보였다. 무사우루스의 얼굴에 어쩔 줄 몰라 하는 표정이 떠올라 있었다.

다싫달싶은 5까지 센 다음에 나직하게 물었다.

"사실 그 지도에 길 없지? 그냥 그림 제목만 보여 주는 거지?"

그러자 무사우루스는 위쪽으로 시선을 돌렸다.

"눈치챘구나. 미술관 안이니까, 뭐."

"그럼 뭘 보고 온 거야?"

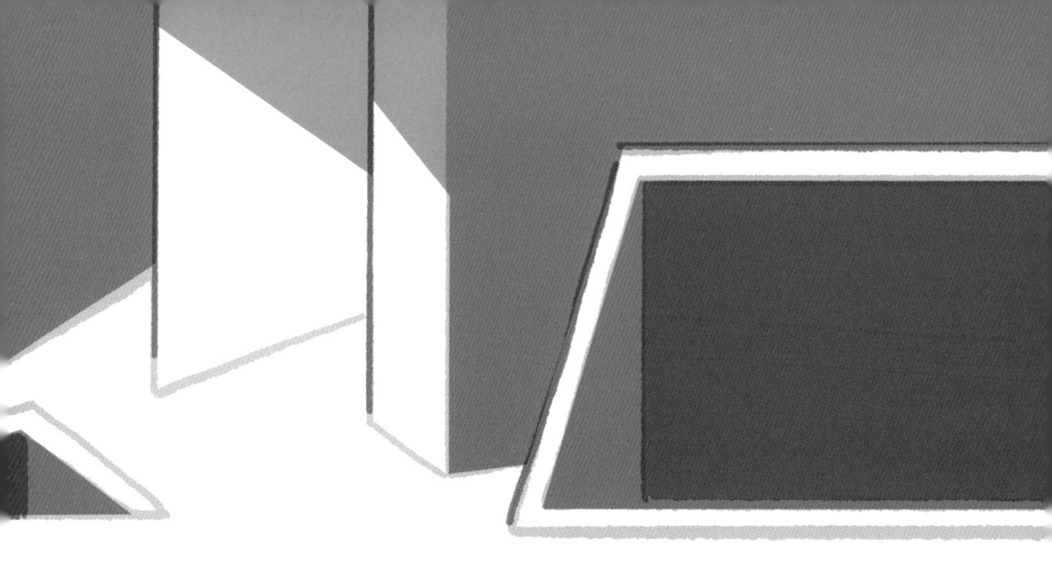

“그냥 내 직감을 따라온 거지. 재미있었잖아? 여러 작품도 경험하고.”

다싫달싶은 한숨을 내쉬었다.

“힘들어. 오늘은 이만 하….”

“안 돼. 오늘 끝내야지, 응?”

무사우루스가 미안하다는 듯이 눈을 깜박이면서 바라보았다. 제발 봐주라, 하는 표정이었다. 잠시 고민하던 다싫달싶은 회중시계를 잡아챘다. 화면에 ‘프랙털 미로’라고 떠 있었다.

“미로라고?”

다싫달싶이 말하자, 무사우루스가 한숨을 쉬며 끄덕였다.

“일단 뚫고 나가야지 뭐. 지금부터는 네가 앞장서.”

다싫달싶은 어디로 가야 할지 감조차 잡을 수 없었지만, 그래도 일단 나아가 보기로 했다. 벽 사이에 난 한 통로로 막 들어가다가 멈춰 섰다.

“프랙털이라… 확대해도 똑같은 모양이 나오는 거지? 그러면 미로를 들어가면 똑같이 생긴 미로가 계속 확대되어 나온다는 뜻이 아닐까?"

무사우루스가 박수를 치는 시늉을 하면서 말했다.

"와, 너 정말 똑똑…."

"됐네요. 그렇다면… 눈 감아."

무사우루스는 고개를 갸우뚱하다가 눈을 감았다. 다싫달싫은 무사우루스의 손을 잡은 뒤, 눈을 감고 긴 통로를 따라 뒤로 걷기 시작했다. 다싫달싫은 열 발짝을 걸은 뒤 눈을 떴다.

"와, 벽이 줄어든 것 같아."

"정말이네?"

둘은 다시 눈을 감고 뒤로 걸었다. 도중에 눈을 살짝 떠서 볼 때마다 벽은 줄어들었다. 열댓 번쯤 하자, 미로는 그냥 바닥에 그려진 3미터쯤 되는 육각별 모양으로 줄어 있었고, 둘은 미로 밖으로 나와 있었다.

"잘했어. 가자!"

그들은 뒤로 돌아섰다. 그 순간 다싫달싶은 뭔가가 몸에 달라붙는 것을 느꼈다.

"윽, 이게 뭐야?"

옆을 쳐다보니, 무사우루스가 말 그대로 커다란 거미집에 달라붙어 있었다. 곧이어 거미줄에서 쿵쿵 진동이 느껴지기 시작했다.

"헉, 거대한 거미에게 먹히는 거야?"

무사우루스가 소리쳤다. 하지만 딱히 걱정하는 어투는 아니었다. 왠지 히죽 웃는 듯도 했다. 다싫달싶이 두근거리는 마음을 가라앉히려는 찰나, 갑자기 거미줄이 홱 당겨졌다.

"으악!"

둘은 비명을 내지르면서 어두컴컴한 공간으로 쑥 빨려 들어갔다.

시각의 한계

인간은 눈에 주로 의존하기 때문에 착시 현상 같은 실수도 많이 저지른다. 그러면서도 알아차리지 못할 때도 많다.

시각 장애인이자 생물학자인 히랏 베르메이는 연체동물의 진화를 연구하는데, 다른 연구자들이 같은 종이라고 여기는 두 고둥을 한 번 만져 보고서 두 고둥이 다른 종임을 알아차렸다. 촉감이 달랐기 때문이다. 즉 베르메이에게는 서로 다른 종임이 분명한데, 눈에 의존하는 연구자들은 알아차리지 못했다.

상대성 이론과 양자 역학, 빅뱅 이론이 자리를 잡기 전, 사람들은 우주가 빛과 어둠, 진공과 물질로만 이루어져 있다고 생각했다. 물질이란 우리가 보고 듣고 만지고 느끼는 모든 것을 뜻한다. 태양도 지구도 우리도 컴퓨터도 모두 물질로 이루어져 있다. 즉 수소, 산소, 철 같은 물질 원자들이 모여서 이루어져 있다. 텅 빈 공간을 제외하면 우주에 있는 모든 것은 물질로 이루어져 있는 듯하다. 그런데 실제로 우주에서 물질이 차지하는 비율은 약 5퍼센트에 불과하다. 나머지 95퍼센트는 눈에 보이지 않는 암흑 물질과 암흑 에너지로 이루어져 있다. 암흑 물질과 암흑 에너지가 무엇인지 우리는 아직 잘 모른다.

이탈리아 천문학자 스키아파렐리는 1877년에 망원경을 화성으로 향했는데, 화성 표면에 가느다란 선들이 나 있는 것을 보았다. 그 결과 사람들은 화성에 운하가 있으며, 따라서 운하를 건설한 화성인 문명이 있다고 믿게 되었다. 스키아파렐리가 눈을 가늘게 떴을 때 눈물 자국이 만드는 주름을 본 것인지, 아니면 망원경 유리의 긁힌 자국을 본 것인지는 잘 모른다. 덕분에 화성 문명을 다룬 많은 소설과 영화가 등장했다.

예술가들은 눈이 착시를 일으키는 현상을 아주 잘 활용했다. 주세페 아르침볼도가 그린 사람 얼굴 그림은 자세히 보면 당근, 양파 등 여러 가지 식물들을 교묘하게 배치한 것이다.

계획이 실패하다

켐프의 눈에 창밖으로 세 남자가 언덕길을 올라오는 것이 보였다. 켐프는 투명 인간에게 더 가까이 다가가면서 물었다.

"이제 어쩔 생각인가? 이쪽으로 올 때 무슨 계획이 있었어?"

"이 나라를 뜰 생각이었어. 알몸으로 살기 좋은 따뜻한 남쪽으로 가려고 말이야. 정기 여객선을 타고 프랑스로 갔다가, 스페인이나 알제리 같은 곳으로. 그런 곳에서는 투명 인간으로도 충분히 지낼 수 있을 거야."

"그렇겠지."

"그런데 그 더러운 녀석이 내 일지를 훔쳤어. 감췄다고!"

"그에게서 일지를 되찾는 게 먼저겠네."

"문제는 녀석이 어디 있는지 모른다는 거야. 혹시 아나?"

"경찰서에 있대. 직접 요청했다더군. 가장 튼튼한 유치장에 가둬 달라고."

"망할 자식! 꼭 찾아야 해. 일지는 반드시 필요하다고!"

켐프가 고개를 끄덕이자, 투명 인간은 말을 계속했다.

"하지만 자네를 본 순간 계획이 바뀌었어. 자네라면 나를 이해할 수 있으니까. 자네를 만나고 나서 깨달았지. 이 일을 혼자 하려고 생각한 것이 큰 실수라고 말이야. 힘과 시간과 기회를 낭비한 거야. 혼자 할 수 있는 일은 극히 적어. 조금 빼앗고 조금 상처를 입히는 게 전부야."

투명 인간은 흥분해서 벌떡 일어났다.

"도와주고 은신처를 제공해 줄 사람이 필요해. 한마디로 공모자가 필요해. 그러면 많은 일을 할 수 있어. 지금까지 나는 그냥 막연한 생각만 갖고 있었어. 투명하다는 것의 장단점이 뭔지 제대로 따져 보지 않았지. 지금은 알아. 불가시성이 도움이 되는 건 딱 두 가지뿐이야. 달아날 때와 남에게 접근할 때지. 따라서 사람을 죽일 때 아주 쓸모가 많아. 상대가 어떤 무기를 갖고 있든 간에, 몰래 다가가서 공격할 수 있어. 마음대로 피하고 달아날 수도 있지."

그 순간 켐프는 아래층에서 나는 소리를 들은 것 같았다. 투명 인간은 못 들었는지 말을 계속했다.

"그러니 우리가 해야 할 일은 살인이야!"

켐프는 깜짝 놀랐다.

"뭐? 살인이라고? 이봐, 난 자네 계획을 듣고 있는 거지, 동의하는 건 아니야. 왜 살인을 해야 한다는 거지?"

"마구 죽인다는 게 아니라, 분별 있는 살인을 말하는 거야. 투명 인간이 존재한다는 것은 이미 다 알려졌어. 투명 인간이 한 명뿐이라는 것도. 그걸 기회로 삼아, 우리는 공포 통치 체제를 확립해야 해. 그래, 놀라운 이야기지. 진심으로 하는 말이야. 공포 정치! 버독 같은 도시를 점령해서 공포로 통치하는 거야. 이런저런 명령을 내리는 거지. 따르지 않는 자는 죽이고, 그런 자를 보호하는 사람도 모조리 죽이는 거야."

켐프는 이제 그리핀의 말이 아니라, 아래층에서 나는 소리에 귀를 기울이고 있었다. 그러면서 생각이 딴 데 가 있는 것을 들키지 않기 위해 말을 걸었다.

"그러면 공모자가 난처한 상황에 빠질 텐데?"

"누가 공모자인지 아무도 모르게 하면 돼. 어, 그런데 무슨 소리지? 아래층에서 나는데?"

"아무 소리도 안 들리는데?"

켐프는 그렇게 말하면서 큰 소리로 빠르게 말하기 시작했다. 그는 앞서 편지 봉투에 경찰서 서장의 이름을 적었다. 아마 하녀가 그 편지를 경찰서로 가져갔을 것이다. 편지를 읽은 서장이 이제야 도착한 것이 틀림없었다. 투명 인간의 주의를 딴 데로 돌려야 했다.

"나는 그 계획에 동의하지 않네. 자네는 왜 인류와 맞서려고 하나? 외로운 늑대가 되지 말게. 그러지 말고 연구 결과를 발표하게. 세상에 믿음을 주게. 그러면 백만 명이 자네를 도울 수…."

그때 투명 인간이 말을 가로막았다.

“누가 올라오는 발소리가 들려.”

투명 인간이 나직하게 말하면서 문으로 다가갔다. 켐프는 머뭇거리다가 그를 가로막았다.

“이 배신자!”

투명 인간은 소리치더니, 갑자기 옷을 벗기 시작했다. 켐프는 재빨리 문으로 가서 벌컥 열었다. 아래층에서 사람들이 달려 올라오는 발소리와 목소리가 들렸다.

켐프는 다가오는 투명 인간을 밀어내고 밖으로 나가서 문을 쾅 닫았다. 열쇠는 미리 열쇠 구멍에 꽂아 둔 상태였다. 그런데 문을 쾅 닫는 바람에 그만 열쇠가 빠지면서 카펫에 떨어지고 말았다.

문을 잠그려 했던 켐프는 당황했다. 그는 문손잡이를 꽉 잡고 있었지만, 투명 인간이 안에서 잡아당기는 바람에 문이 조금씩 열리기 시작했다. 문틈이 30센티미터쯤 벌어지자, 투명 인간의 실내복이 문틈으로 밀려 나왔다. 이어서 보이지 않는 손이 켐프의 멱살을 콱 잡았다. 방어하려고 문손잡이를 놓는 순간, 켐프는 뒤로 확 밀쳐지면서 층계참에 쓰러졌다. 그 위로 투명 인간이 입고 있던 실내복이 내던져졌다.

올라가던 에다이 경찰서장은 그 낯선 광경에 깜짝 놀랐다. 곧바로 보이지 않는 무언가가 서장을 때렸다. 이어서 보이지 않는 손이 서장의 멱살을 잡더니 계단 아래로 내던졌다. 그리고 보이지 않는 발이 서장의 등을 짓밟고 지나갔다. 이어서 현관문이 쾅 닫히는 소리가 들렸다.

"이런, 끝났어요. 놈이 달아났어요!"

켐프가 비틀거리며 내려오면서 말했다. 입술에서 피가 흐르고 있었다.

"놈은 잔인한 미치광이예요. 완전히 이기적이에요. 오로지 자신의 이익과 안전만 생각해요. 놈은 이미 사람들을 다치게 했어요. 막지 않으면 사람들을 죽일 거예요. 놈은 공포 정치를 꿈꾸고 있어요. 이 지역에서 막아야 해요. 안 그러면 시골을 돌아다니면서 사람들을 죽이고 불구로 만들 거예요. 하지만 쉽게 떠나지는 못할 거예요. 놈이 원하는 일지를 경찰서에 갇힌 마블이라는 사람이 갖고 있거든요."

켐프는 흥분해서 계속 떠들어 댔다.

"아무튼 기차와 도로와 선박을 감시해야 해요. 수비대의 협조도 얻어야 하고요. 그리고 놈이 먹지도 자지도 못하게 만들어야 해요. 집집마다 문단속을 철저히 하라고 말하고요."

"당장 수색대를 조직해야겠어요. 박사님도 함께 가죠. 작전 회의를 열자고요. 또 할 수 있는 일이 뭐가 있을까요?"

에다이가 말했다. 둘은 현관을 나섰다.

"개가 필요해요. 개는 놈의 냄새를 맡을 수 있어요. 또 뭐가 있을까… 아, 놈은 음식을 먹으면 완전히 소화되기까지는 음식이 보여요. 그러니까 숨어 있어야 해요. 수색대는 덤불과 구석구석을 다 들쑤셔야 해요. 은신처에서 몰아내는 거죠. 음, 또 무기가 될 만한 것은 다 치워야 할 겁니다. 놈은 무기를 오래 들고 다닐 수가 없어요. 대신 사람들이 들고 있는 무기를 낚아채서 쓸 수 있으니까 숨겨야 해요."

"알겠습니다. 놈은 금방 잡힐 겁니다."

"놈은 인간이기를 포기했어요."

켐프와 서장은 포고문을 곳곳에 붙이고 다니면서 사람들에게 설명을 했다. 그 소식은 입을 통해서 곳곳으로 전달되었다. 처음에 사람들은 분노에 차서 무슨 짓을 저지를지 모를 투명 인간이 돌아다닌다는 생각에 겁을 먹었다. 하지만 서서히 투명 인간이 공포 그 자체가 아니라는 것을 깨닫기 시작했다. 투명 인간은 그저 눈에 보이지 않는 사람일 뿐이었다. 상처를 입힐 수 있고 붙잡을 수도 있는 악당이었다.

사람들은 빠르게 수색대를 조직했다. 총과 곤봉으로 무장한 사람들이 서너 명씩 조를 짜서 포트버독을 중심으로 지름이 30킬로미터에 달하는 원을 그리듯이 나아가면서 도로와 들판을 두드리면서 훑었다. 열차는 칸마다 문을 꼭꼭 잠그고 운행했고, 화물 운송은 거의 중단되다시피 했다. 기마경찰들은 시골을 돌아다니면서 집집마다 문단속을 철저히 하라고 알렸다. 모든 초등학교는 세 시 이전에 수업을 마쳤고, 학생들은 무리를 지어서 서둘러 집으로 향했다. 교통수단마다 검색이 강화되었다. 투명 인간의 움직임이 조금이라도 보인다면 즉시 알아차릴 만큼 철저하게 감시가 이루어지고 있는 인상을 풍겼다.

하지만 어둠이 깔리기 전, 비극적인 소식이 전해졌다. 버독 경의 집사인 윅스티드가 경의 저택에서 200미터도 떨어지지 않은 자갈 구덩이에서 죽은 채 발견되었다. 주변에는 격투가 벌어진 흔적이 널려 있었다. 투명 인간은 부서진 울타리에서 뽑은 쇠막대기로 그를 공격한 듯했다. 집사는 싸움 같은 것을 걸 일이 전혀 없는 점잖은 사람이었다. 그런 사람이 어떻게 투명 인간과 싸우게 되었을까?

집사는 점심을 먹으러 집으로 가다가 당한 모양이었다. 우연히 마주쳤을 가능성도 있긴 하지만, 살해당한 정확한 이유는 알 수 없었다. 혹시나 가다가 웬 막대기가 허공에 떠다니는 것을 보고서 이상해서 따라갔다가 당한 것은 아니었을까? 집사는 위험한 투명 인간이 돌아다니고 있다는 소식을 아직 듣지 못했을 수도 있었다. 투명 인간은 그런 방심한 상태의 집사를 쉽게 쓰러뜨릴 수 있었을 것이다. 게다가 투명 인간이 켐프의 집에서 쫓겨나면서 몹시 분노에 차 있었고 쉽게 화를 내는 인물이라는 점을 생각할 때, 둘의 만남이 치명적인 결과로 이어졌으리라고 상상하는 것도 어렵지 않았다. 아무튼 집사의 죽음은 그가 직접 저지른 최초의 살인이었다. 그 사건은 그가 점점 더 위험한 인물이 되고 있음을 말해 주었다.

그 살인 이후로 그는 다시 모습을 감추었다. 그러나 그날 오후 늦게 그는 켐프에게 털어놓은 이야기를 켐프가 자신을 잡기 위해 이용하고 있다는 사실을 알아차렸다. 먹을 것을 찾아서 돌아다니는데 집집마다 문이 꼭꼭 잠겨 있었으니까. 또 기차역 가까이 갔을 때 검문검색이 강화

되었다는 것도 깨달았다. 사람들이 늘 무리를 지어서 돌아다닌다는 것도, 개들의 소리가 들판에 울려 퍼진다는 것도, 사냥꾼들이 덤불을 두드리면서 다닌다는 것도 알아차렸다.

그래도 그는 계속 들키지 않고 사냥꾼들을 피해 다닐 수 있었다. 그러면서 마음속에는 점점 분노가 쌓여 갔다. 특히 배신자를 향한 분노가 폭발할 지경에 이르렀다. 밤에 그는 어떻게든 먹을 것을 구하고 어디에선가 잠을 잔 것이 분명했다. 다음 날 아침에 다시금 분노와 악의로 활활 넘쳐서 복수를 하러 나섰으니까.

자아 찾기

어느새 거미줄은 사라졌고, 둘은 책상 앞에 앉아 있었다. 주위로 늘어선 책장마다 책들이 빼곡 들어차 있었다. 도서관이었다.

그들 앞에는 선글라스를 끼고 붕대로 얼굴을 감싼 투명 인간이 앉아 있었다. 책을 펼쳐서 들고 있었는데, 제목을 보니 『투명 인간』이었다. 책 옆에는 다싫달싫이 들고 있던 회중시계가 놓여 있었다.

"돌려줘서 고맙다. 새 역할을 맡는 데 필요하거든."

다싫달싫이 주위를 둘러보자 투명 인간이 말했다.

"다른 공간에 비해 너무 평범하지? 그래도 난 여기가 가장 나아 보여. 다른 공간들은 왠지 게임 같거든. 나는 게임 같은 방식이 이 공간을 만든 원래 의도에 방해가 될 가능성이 있다고 생각해. 너희는 어떻게 생각하니? 몰래 좀 둘러봤을 거 아냐?"

웬일인지 무사우루스는 입을 다물고 있었다. 다싫달싫을 보는 눈길이 '네가 알아서 해'라는 듯했다. 할 수 없이 다싫달싫이 입을 열었다.

공간을 잘못 구성했어.
의도조차 파악하기
어렵게 해 놨잖아.

“원래 의도가 뭔데요?”

그러자 투명 인간은 한숨을 내쉬었다.

“거봐. 의도조차 파악하기 어렵게 해 놨잖아. 잘못 구성했어. 이 가상 공간은 뇌의 활동을 비유적으로 표현한 거야. 이성이 지배하는 대뇌 겉질은 수학적 공간, 감정을 담당하는 편도체는 초현실주의 그림 같은 것으로 나타냈지. 여기는 기억을 표현한 공간이고.”

“즐겁게 돌아다니게 하려면 게임 형식도 좋은데요.”

다솜달솜이 말하자, 투명 인간은 아니라는 듯이 고개를 저었다.

“역시… 의도에 맞지 않아. 바꿀 필요가 있겠어.”

투명 인간은 책을 내려놓고 그 위에 두 손을 올린 채 말했다.

“새로 구축하는 공간도 이 사이트 전체와 같은 목적을 지니고 있어. 위로와 치유를 위한 거지. 그냥 평온하고 안전한 느낌이 드는 가상 공간을 제공하는 것으로는 부족해. 그러면 그 공간이 현실 도피용이 되거든.

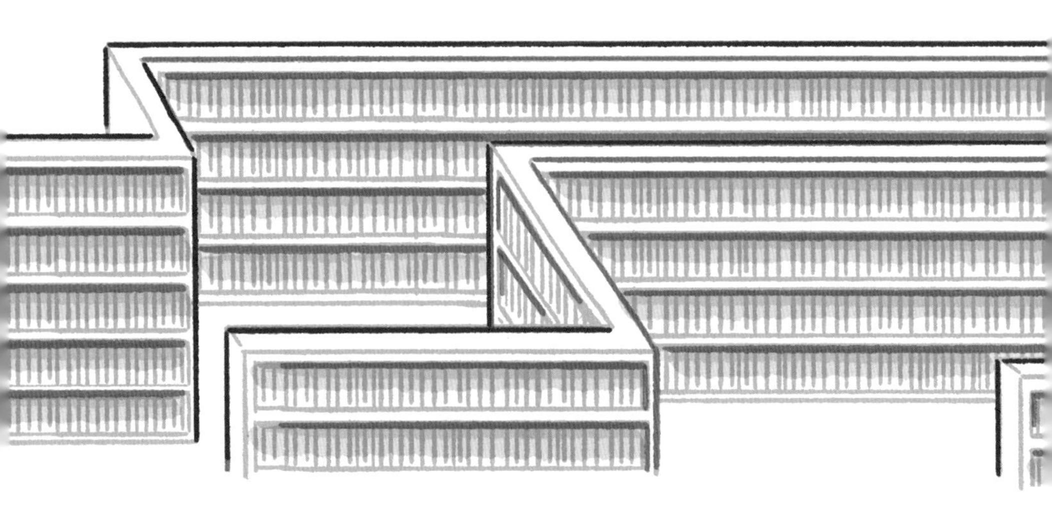

위로와 치유는 본래 현실로 건강하게 복귀하도록 하기 위한 거니까."

다싫달싶은 무언가가 가슴을 쿡 찌르는 듯한 느낌을 받았다. 하지만 아무렇지도 않은 양 질문을 했다.

"새로 만든 공간이 그런 일에 도움이 될까요?"

"그럼, 우리가 무엇을 하든 간에, 자기 자신을 잘 이해하는 것이 아주 중요해. 특히 뇌 안에서 어떤 일들이 일어나는지를 알면 많은 도움이 되지. 뇌가 구체적으로 어떤 일을 하고, 어떤 상상력을 발휘하는지 등을 말이야. 뇌의 왼쪽에 문제가 생기면 어떤 일이 일어나는지 아니?"

다싫달싶은 고개를 저었다.

"뇌의 좌반구와 우반구는 서로를 억눌러. 좌반구는 이성, 우반구는 감정 쪽이지. 주로 맡는 역할이 그렇다는 거야. 좌반구에 이상이 생기면 우반구가 더 활발하게 움직여. 이성 쪽에 이상이 생기면 감정이 더 폭발적으로 분출하지. 그러면 정신 질환도 심해지지만, 창의력도 분출해. 초

현실주의 화가들은 뇌를 잘 모르면서도 그 방법을 이용했지. 좌반구가 우반구를 억제하는 힘을 약화시킨 거야. 덕분에 상상력이 풍부한 작품을 그릴 수 있었어."

"그러면 이 공간을 만든 사람들도 좌반구가 좀 모자란…."

무사우루스가 킥킥 웃었다. 투명 인간도 재미있다는 몸짓을 했다.

"흠, 너는 전체 맥락보다는 매 순간에 초점을 맞추는구나. 그럴 때도 있지. 나이를 먹거나 주변 환경에 익숙해질수록 달라질 거야. 내가 하려는 말은 자신의 뇌를 알면 알수록, 그만큼 자신을 돌아볼 수 있다는 거야. '지금 내 감정이 극도로 치솟은 상태니까, 대뇌의 이성이 제 역할을 못하고 있군. 편도체가 너무 나대고 있어.' 감정이 치솟은 와중에도 그런 생각이 한구석에서 떠오른다고 생각해 봐. 그러면 얼마간은 자신을 객관적으로 볼 수 있게 되지. 그런 일이 반복되면 자신의 감정을 다스리는 능력도 나아질 거고."

투명 인간은 자기감정에 휘둘려
미친 과학자의 대표적인 사례가 되었어.

투명 인간은 책을 가리키면서 덧붙였다.

"이 책 속의 투명 인간은 그렇지 못했어. 자기감정에 휘둘렸지. 그래서 미친 과학자의 대표적인 사례가 된 거야. 감정에 매몰되는 바람에 뛰어난 발견을 해 놓고서도 인류에게 좋은 쪽으로 이용할 생각을 못했지. 남이 성과를 훔쳐 갈지도 모른다는 생각, 다시 돌아오지 못할지도 모른다는 걱정 등 눈앞의 것들에 너무 얽매여 있었거든. 그래서 투명 인간이 되었을 때 할 수 있는 일을 엿보고, 훔치고, 해치는 쪽으로만 생각했지. 나 자신의 생각에만 너무 집착한 거야. 사람의 마음은 본래 편견으로 가득하거든. 자신이 믿고 있는 것이 옳다고 재확인하려는 경향이 너무 강하지. 내가 그랬어!"

듣고 있던 다싫달싫은 무사우루스를 쳐다보았다. 혹시 이 사람 자신이 진짜 투명 인간이라고 생각하는 거야? 그런 눈빛으로 쳐다보았지만, 무사우루스는 왜 하는 표정으로 고개를 갸웃할 뿐이었다. 그러더니 투

명 인간을 보면서 맞장구를 쳤다.

"여기서는 거꾸로죠."

"맞아, 투명해진다는 건 그보다 더 여러 가지 의미를 지녀. 투명 인간도 좀 더 자신을 객관적으로 볼 수 있었다면 다르지 않았을까? 이 사이트는 원래 투명해진다는 것의 좋은 쪽 의미를 이용하고자 구축한 거야. 예전 실수를 되풀이하지 않기 위해서지. 그런데 좀 운영해 보니까 부족한 면이 드러나고 있어. 이용자들이 점점 숨으려고 해. 어때, 겪어 보니까 새 공간은 좀 나을 것 같아?"

무사우루스는 다싫달싫을 쳐다보았다. 다싫달싫은 투명 인간의 정체를 생각하느라 좀 얼떨떨해하면서도, 그냥 솔직히 말하기로 했다.

"좋은 것 같아요. 그런데 저는 이런 모험 방식도 괜찮을 것 같아요. 신나게 돌아다니다 보면 다른 일을 잊게 되니까요. 자신감도 생기고요."

"뭐, 저도 나쁘지는 않은 것 같아요. 여기에다가 원하는 의도가 좀 더

일기처럼 적어 봐.
기억이 책이 된다니까.
평생에 걸친 기억이
쌓인 도서관, 어때 멋지지?

구현되도록 수정하면 낫지 않을까요?"

투명 인간은 고개를 끄덕였다.

"그렇군…. 어쩌면 낯선 사람 앞에서 당당하게 자기 주장을 펼치게 만들어 준다는 것만 해도 대단한 발전이지."

혼자 중얼거리는 말 같기도 했다. 다싫달싫은 왠지 앞에 앉은 투명 인간이 점점 진짜 투명 인간처럼 느껴졌다. 혹시 투명 인간에 몰두하다가 자기 자신을 진짜 투명 인간에게 투영한 것은 아닐까? 아니면 투명 인간의 인격을 구현한 인공 지능일까? 생각할수록 점점 더 헷갈리는 듯했다.

그때 투명 인간은 뭔가 생각났다는 듯이 말했다.

"아, 참. 이왕 여기까지 왔으니까, 미리 한 가지 더 보여 줄게."

투명 인간이 오른손을 빙 돌리면서 펜을 쥐고 쓰는 자세를 취하자, 허공에 공책과 펜이 나타났다.

"여기는 자기만의 도서관도 돼. 일기처럼 적으면 자신의 기억이 책으

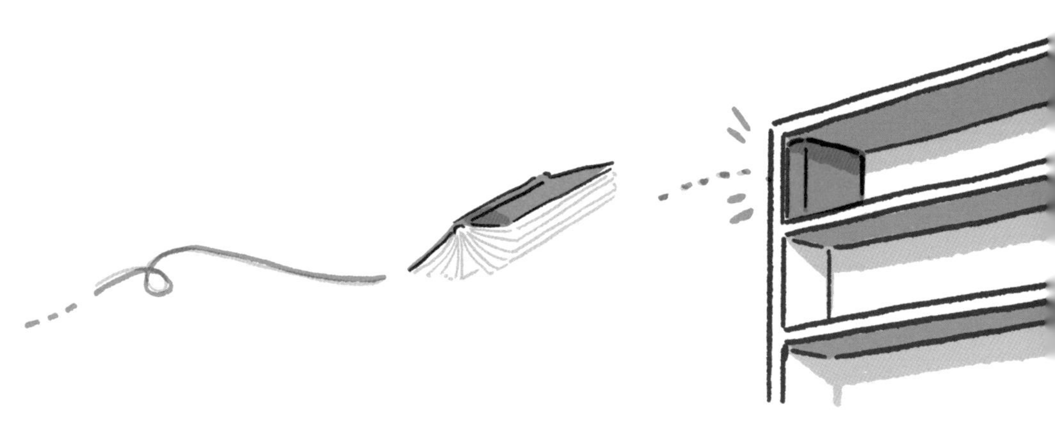

로 엮여서 차곡차곡 책장을 채우게 되어 있어. 이용자의 평생에 걸친 기억이 쌓인 도서관이 되는 거지."

투명 인간은 펜으로 공책에 뭔가 적었다. 공책을 덮자, 공책이 휙 날아가더니 빈 책장에 쏙 들어갔다. 그 위로 금박이 입혀진 책등이 생겨났다.

"시간이 흐르면서 자신의 생각이 어떻게 바뀌었는지를 들여다볼 수 있지. 한번 해 봐."

다싫달싫이 같은 손짓을 하자, 허공에 공책과 펜이 나타났다. 다싫달싫은 펜을 손에 쥐었다. 하지만 뭘 써야 할지가 떠오르지 않았다. 그냥 낙서라도 해 볼까 하면서 공책에 펜을 갖다 대는 순간, 갑자기 도서관이 줄어들기 시작했다. 도서관은 책장들 사이에 책상이 하나 놓여 있는 작은 서재로 바뀌었다. 투명 인간과 무사우루스는 사라지고 없었다.

다싫달싫은 잠시 망설이다가 '4월 1일'이라고 날짜를 적었다. 처음 이 가상 공간에 들어온 날이었다. 당시 기분이 어떠했는지가 절로 떠올랐

다. 방과 후에 쳇바퀴처럼 돌던 학원들, 편의점 김밥과 컵라면, 신나는 한편으로 문득문득 점점 지겨워지는 게임들, 늘 뻔한 이야기만 떠들어 대는 친구들, 자기만 보면 인상을 써 대는 인간들….

이 세상에서 그냥 무작정 탈출하고 싶은 마음만 가득하던 순간에 문득 투명 인간이 되고 싶다는 생각을 했다. 그래 보았자 기껏 해야 게임이나 가상 현실에 빠져드는 것밖에 없었는데, 우연히 투명 인간을 검색해서 나온 사이트가 여기였다. 그땐 현실에서 벗어나고 싶은 마음을 너무나 잘 이해하고 있다는 생각이 들었는데….

그런데 하나하나 적어가는데도 예전처럼 손이 부들부들 떨리는 일도, 화나 짜증이 마구 치솟는 일도 없었다. 왠지 아주 오래전에 일어났거나 또 다른 자신이 겪은 일처럼 느껴졌다. 쓰다가 잠시 멈추어서 생각에 잠기자, 공책이 저절로 닫히더니 책장으로 날아가서 책으로 변했다.

다시 손을 돌리자, 다른 공책이 한 권 나타났다. 다싫달싫은 이번에는

무작정 탈출하고 싶었는데… 왜 맘이 편하지?

이 가상 공간에 들어와서 겪은 일들을 적기 시작했다. 이구아노돈을 만났던 일, 얼음 행성을 돌아다녔던 일… 이야기가 하나 끝날 때마다 공책은 날아가서 책이 되었다. 이어서 뇌 속에 들어가서 모험을 하는 이야기를 적기 시작할 때에는 펜이 신이 나서 저절로 움직이는 듯했다. 모빌 위를 뛰어다니는 대목을 적을 때는 펜도 톡톡 뛰어노는 듯했다.

이윽고 도서관에서 투명 인간을 만난 이야기가 공책에 적히기 시작했다. 문득 다싫달실은 펜과 공책이 스스로 의지를 갖고 이야기를 적고 있다는 느낌이 들었다. 어떤 이야기를 나누었는지 기억이 가물가물하여 손놀림을 멈칫할 때마다, 펜이 알아서 그 대목을 적는 듯했다. 공책에 떠오르는 글자를 따라가면서 펜이 저절로 잉크를 입히는 듯도 했다.

도서관에서의 이야기까지 적고 나면 더 이상 적을 것이 없을 듯했지만 아니었다. 다싫달실은 머릿속에서 이런저런 상상이 계속 샘솟는 것을 느꼈다. 문득 우르빌의 해안에 있는 범선을 타고 모험을 떠나는 상상

을 하자, 갑자기 공책 주위로 흐릿하게 누군가가 모험을 하는 영상이 펼쳐졌다. 거대한 새의 발에 달라붙어 있는 모습이 꼭 신드바드 같았다.

이어서 추상화가들의 그림 속을 헤치고 나아갈 때의 일이 떠오르자, 공책이 순식간에 캔버스로 바뀌었다. 펜은 붓이 되었다. 다싫달싶은 캔버스에 흐릿하게 떠오를 듯 말 듯한 이미지에 맞추어서 붓을 놀렸다. 붓이 닿을 때마다 저절로 그림이 그려졌다. 이리저리 마구 선을 긋고 있는 것 같았지만, 왠지 앞서 보았던 추상화들보다 자신의 그림이 더 멋져 보였다. 붓을 놓자 그림은 벽으로 날아가서 멋진 액자가 되어 걸렸다.

다싫달싶은 서재를 둘러보았다. 아까보다 조금 더 길어진 듯했다. 책장이 문을 향해 하나 더 늘어나 있었다. 한쪽 벽에는 자신이 그린 그림들이 걸려 있었다. 자신의 상상을 고스란히 구현한 듯했다.

이런 일이 어떻게 가능한 거지? 그 생각을 하는 순간, 앞서 이구아노돈이 했던 말이 떠올랐다. 이 회사의 기술 수준을 알면 정말 놀랄 거라

고. 혹시 머릿속을 읽을 수 있는 게 아닐까? 얼마 전에 자는 사람이 무슨 꿈을 꾸고 있는지를 과학자들이 알아내는 데 성공했다는 뉴스를 본 기억이 났다. 이 회사의 가상 현실 장치는 무슨 생각을 하는지까지 알아낼 수 있다는 걸까? 내 머릿속을 투명하게 들여다볼 수 있다는 걸까? 내 생각을 읽어서 내가 원하는 바에 맞출 수 있다는 걸까?

그런데 괴물 그림은? 그건 무사우루스의 생각일까? 아니면 내 머릿속에 잠재되어 있던 것일까? 둘의 생각이 섞인 것일까? 그렇게 생각하니, 또 다른 누군가의 생각까지 더 섞일 수도 있을 것 같다는 생각이 들었다. 그러다가 혹시 진짜 투명 인간처럼 생각하게 된다면? 갑자기 소름이 돋았다. 그런데 진짜 투명 인간이 살아남았나면, 생각이 바뀌었을 수도 있지 않을까? 투명해진다는 것을 나쁘거나 안 좋은 쪽으로만 생각하는 것이 아니라, 좋은 쪽으로도 생각할 수 있지 않았을까? 그런 생각들에 빠져 있는 사이에, 다싫달싶의 몸은 점점 투명해지고 있었다.

눈의 놀라운 세계

눈에는 빛을 감지하는 세포가 약 1억 2600만 개 들어 있다.

대부분의 사람은 각각 빨강, 초록, 파랑을 가장 잘 보는 세 종류의 원뿔 세포를 지닌다. 이 세 가지 색깔에 여러 가지 색조를 조합하여 우리는 약 1백만 가지의 색깔을 본다.

유전적으로 사원색을 보는 사람도 있다. 이들은 약 1억 가지 색깔을 본다. 하지만 자신이 그런 초인적인 시각을 지니고 있는지를 모른 채 살아가는 사람도 있다.

이원색을 보는 사람은 약 1만 가지 색깔을 본다.

보통 사람은 파장이 약 380~720나노미터 범위의 가시광선만을 보지만, 자외선을 볼 수 있는 사람도 있다.

또 우리는 사실상 적외선도 본다. 적외선 광자 2개가 동시에 눈의 한 수용체에 충돌하면 두 광자의 에너지가 합쳐져서 가시광선 파장으로 전환된다. 즉 차가운 녹색처럼 보이지만, 사실은 적외선이다.

광자 몇 개가 충돌해야 빛을 볼 수 있을까? 광자 5개가 동시에 막대 세포 5개에 닿자 빛을 감지했다는 연구 결과가 있다.

한 과학자는 인간 눈의 해상도가 576메가픽셀이라고 했다. 하지만 사람의 망막 중앙 부분에만 원뿔 세포가 빽빽하므로, 눈동자를 계속 돌려야만 그 해상도에 도달할 수 있을 것이다.

마지막 싸움

다음 날 오후 1시에 켐프는 편지를 한 통 받았다. 기름이 묻은 더러운 종이에 연필로 쓴 편지였다.

> 놀랄 만큼 활발하고 약삭빠르게 움직였더군. 그렇게 해서 대체 자네가 뭘 얻겠다는 건지 도무지 알 수는 없지만 말이야. 나를 배신하다니. 다들 온종일 나를 추적하고, 밤에 잠을 못 자게 하려고 애썼지. 하지만 나는 잘 먹고 잘 잤어. 그리고 게임은 이제 시작이야. 이제 공포 정치를 시작하는 수밖에 없어. 이 편지는 공포 정치의 첫날을 알리는 글이야. 포트버독은 이제 더 이상 여왕의 통치를 받지 않는다. 경찰과 다른 사람들에게 그렇게 전해. 이제 나의 지배를 받는 거야. 공포 통치를 받는 거다!
>
> 오늘은 투명 인간의 시대가 시작되는 원년 첫날이다. 나는 1대 투명 인간이다. 이 첫날, 나는 본보기로 한 명을 처형할 것이다. 바

로 켐프라는 자다. 그가 문을 꼭꼭 닫아걸고 숨든, 경호원을 두든, 갑옷을 입든 상관없다. 보이지 않는 죽음이 그를 찾아갈 것이다. 나의 백성들이여, 그를 돕지 마라. 당신들에게도 죽음이 닥칠 테니까. 오늘 켐프는 죽는다.

편지를 두 번 읽은 켐프는 하녀에게 창문 잠금장치를 점검하고 덧문을 닫으라고 했다. 또 침실 서랍에서 권총을 꺼내어 조끼 주머니에 넣었다. 그리고 에다이 서장을 비롯한 사람들에게 편지를 써서 하녀에게 전달하라고 지시했다.

기다리는 동안 그는 점점 초조해졌다. 한참 뒤, 초인종이 울렸다. 빗장을 풀고 자물쇠를 연 뒤 문을 조심스럽게 살짝 열자, 서장의 목소리가 들렸다.

"박사님, 하녀가 공격을 받았어요. 놈은 이 근처에 있어요."

켐프는 문을 조금 더 열어서 서장을 안으로 들였다.

"하녀는 경찰서에 있어요. 놈이 편지를 빼앗았대요. 무슨 내용이었나요?"

켐프는 투명 인간이 보낸 편지를 서장에게 보여 주면서 말했다.

"덫을 놓을 계획을 적은 편지였는데, 놈에게 고스란히 알려 준 꼴이 되었네요."

그때 위층에서 유리창 깨지는 소리가 들렸다. 둘이 계단을 올라갈 때 다시 깨지는 소리가 들렸다. 올라가니, 서재의 유리창 세 개 중 두 개가 깨져 있었다. 이어서 세 번째 창문이 박살 났다.

"이건 시작이에요."

켐프가 말했다. 그때 이번에는 아래층에서 유리창 깨지는 소리가 잇달아 들렸다. 서장이 말했다.

"무기가 될 만한 것을 주세요. 제가 경찰서로 가서 사냥개를 데려오겠습니다. 10분도 안 걸릴 겁니다."

켐프는 망설이다가 권총을 건넸다.

서장은 현관문으로 향했다. 1층 침실 창문이 깨지는 소리가 들리는 가운데, 서장은 조용히 빗장을 벗겼다. 서장이 나가자마자 켐프는 재빨리 빗장을 다시 걸었다.

서장이 잔디밭을 가로질러 대문으로 다가갈 때, 목소리가 들렸다.

"멈춰. 집으로 돌아가."

"싫은데?"

서장은 긴장하여 혀로 입술을 축이면서 말했다.

"어디로 가는 거지?"

"네가 상관할 바 아니야."

그 순간 투명한 팔이 서장의 목을 휘감더니, 무릎이 등을 가격했다. 서장은 쓰러지면서 권총을 빼서 아무데나 마구 쏘았다. 하지만 입을 얻어맞고는 총을 빼앗겼다. 서장은 일어서려고 했지만 다시 쓰러졌다. 투명 인간은 비웃으면서 말했다.

"총알을 낭비하는 게 아니라면, 당장 죽일 텐데."

권총이 2미터쯤 떨어진 곳에 둥둥 떠서 서장을 겨누고 있었다.

"잘 들어. 어떤 시도도 하지 마. 넌 나를 볼 수 없지만 나는 너를 볼 수 있다는 것을 명심해. 이제 집으로 다시 돌아가."

"박사가 들여보내 주지 않을 거야."

"어떻게든 해."

서장은 입술을 축였다. 투명 인간이 말했다.

"당신과 말싸움하고 싶지 않아. 그냥 집으로 들어가면 돼."

"시도는 해 보지. 하지만 문을 열어 주면, 안으로 돌진하지 않겠다고 약속할 수 있어? 당신이 이기고 있잖아? 너무 몰아붙이지 마."

"당신은 집으로 돌아가기만 하면 돼. 난 아무것도 약속하지 않을 거야."

그 순간 서장은 뭔가 결심을 한 듯했다. 서장은 뒤돌아서 집으로 걷는 척하다가 갑자기 뒤로 돌면서 몸을 날렸다. 서장은 권총을 잡아채려고 했지만, 그만 놓치고 말았다.

창가에서 지켜보고 있던 켐프의 눈에 푸른 연기가 피어오르더니 서장이 앞으로 고꾸라지는 모습이 들어왔다. 서장은 한 손을 짚고 일어서려 하다가 다시 쓰러지더니 움직이지 않았다. 켐프는 문가 잔디밭에 쓰러져 있는 서장을 한참 동안 지켜보았다. 저쪽에 나비 두 마리가 날고 있을 뿐, 한순간 온 세상이 고요하게 정지한 듯한 느낌이 들었다.

잠시 뒤 정신을 차린 켐프는 창밖을 여기저기 둘러보았다. 하지만 권총은 어디에도 보이지 않았다. 그때 현관문에서 초인종이 울리고 문을 두드리는 소리가 들렸다. 하인들은 켐프의 지시에 따라서 문을 잠근 채 자기 방에 틀어박혀 있었다. 아무도 반응하지 않자, 주위는 다시 적막해졌다. 켐프는 귀를 기울이고 창밖을 조심스럽게 살핀 뒤, 부지깽이를 들고 돌아다니면서 집 안의 잠금장치들을 점검했다.

얼마 뒤 갑자기 침묵이 깨지면서 시끄러운 소리가 울려 퍼지기 시작했다. 무거운 것이 무언가를 내리쳐서 나무가 쪼개지는 소리였다. 쇠로 된 덧문 잠금장치까지 부서지는 듯했다. 부엌문을 열자 덧문이 쪼개지면서 나뭇조각이 날아들었다. 도끼가 창틀과 가로대를 찍어 대는 광경이 보였다.

투명 인간도 켐프를 본 듯했다. 갑자기 도끼가 사라지더니, 저쪽에 놓여 있던 권총이 공중으로 떠오르는 것이 보였다. 켐프는 재빨리 몸을 피했다. 총알이 머리 위쪽의 문에 맞으면서 파편이 튀었다. 켐프는 문을 닫고 자물쇠를 채웠다. 바깥에서 투명 인간이 낄낄 웃고 고함을 치면서 다시 도끼로 찍는 소리가 들렸다.

그때 현관문에서 초인종 소리가 들렸다. 그는 하녀의 목소리를 듣고 문을 열었다. 하녀와 경찰 두 명이 들어왔다.

"놈이 권총을 갖고 있어요. 총알이 두 발 남았어요. 놈이 에다이 서장을 죽였어요."

켐프는 경찰들과 함께 식당으로 가서, 벽난로에 있는 부지깽이를 건넸다. 바로 그 순간 뒤에서 도끼가 나타났다. 경찰 한 명이 피하면서 부지깽이로 도끼를 막았다. 곧이어 총이 발사되더니, 총알이 벽에 걸린 그림에 박혔다. 다른 경찰이 재빨리 부지깽이로 권총을 내리쳤다. 권총이 바닥에 떨어졌다.

도끼가 복도로 물러나면서, 헐떡거리는 소리가 들렸다.

"너희는 비켜. 내가 원하는 건 켐프 저놈이야."

"우리는 널 원해."

경찰들이 앞으로 돌진하면서 부지깽이를 휘둘렀다. 투명 인간과 두 경찰 사이에 싸움이 벌어졌다. 경찰 한 명은 헬멧에 도끼가 찍히면서 나동그라졌고, 그 사이에 다른 경찰이 부지깽이로 도끼 뒤쪽을 내리쳤다. 비명 소리와 함께 도끼가 바닥에 떨어졌다. 그는 도끼를 발로 밟고서 부지깽이를 휘둘렀지만, 아무것도 닿지 않았다.

잠시 뒤, 식당 창문이 열리더니 발소리가 빠르게 멀어져 갔다. 이어서 침묵이 깔렸다.

"켐프 박사님?"

경찰이 켐프를 불렀지만 아무 대답이 없었다. 잠시 뒤 갑자기 맨발로 계단을 내려가는 소리가 희미하게 들렸다. 경찰은 재빨리 그쪽으로 부지깽이를 던졌다. 부지깽이는 그냥 벽에 부딪혔다.

경찰들은 식당으로 돌아갔다. 그런데 켐프와 하녀가 사라지고 없었다.

"켐프 박사는 영웅이야."

둘은 식당 창문이 활짝 열린 것을 보았다.

경찰들이 투명 인간과 싸우는 사이에, 하녀는 창문을 넘은 뒤 나무 사이로 달아났다. 뒤이어 나온 켐프는 좀 떨어져 있는 언덕 아래의 집을 향해 달렸다. 도움을 요청하기 위해서였다. 그 집 주인은 켐프의 집에서 어떤 일이 벌어지고 있는지를 이미 지켜보고 있다가, 겁에 질려서 문단속을 철저히 한 상태였다. 그래서 두려운 나머지 켐프를 안으로 들여보내려 하지 않았다. 켐프는 유리창을 두드리고 마구 흔들어 대고 문도 두드려 댔지만, 집 안 사람들은 꿈쩍하지 않았다. 할 수 없이 켐프는 언덕길을 따라 달려 내려갔다.

어느새 켐프의 온몸은 땀범벅이 되었다. 그러나 머릿속은 냉철한 상태를 유지하고 있었다. 그는 일부러 울퉁불퉁한 곳을 골라서 달렸다. 돌부리가 드러나 있거나 유리 조각이 반짝이는 곳이 보이면 그 위로 달렸다. 뒤쫓아 오는 투명 인간이 맨발이라는 점을 노렸다.

교외 주택들은 모두 자물쇠를 잠그고 빗장을 건 듯이 조용했다. 자신이 그렇게 하라고 알렸으니, 탓할 필요는 없었다. 언덕 아래에 있는 읍내가 이토록 멀게 느껴진 것은 처음이었다.

이윽고 읍내가 눈앞에 보였다. 철도마차가 오는 것이 보였다. 바로 그 뒤가 경찰서였다. 뒤에서 발소리가 들리는 듯했다. 그는 마지막 힘을 내어 달렸다. 숨이 턱에 다다랐다.

사람들이 보이기 시작했다. 그들은 허겁지겁 달려오는 켐프를 바라보고 있었다. 철도마차가 막 도착하고 있었다. 선술집 '유쾌한 크리켓 선수들'의 빗장이 걸리는 소리가 들렸다. 철도마차 너머에는 하수도 공사를 하는 인부들이 있었다. 선술집을 지나치자마자 거리에 있는 많은 사람들이 보였다. 마부와 차장, 인부들이 미친 듯이 달리는 그를 얼떨떨한 모습으로 쳐다보았다.

"투명 인간이다!"

그는 뒤를 가리키면서 소리친 뒤, 파놓은 구덩이를 뛰어넘어서 인부들 사이로 빠져나갔다. 그런 뒤 모퉁이를 돌아서 골목길로 접어들었다가 다시 철도마차가 보이는 큰길로 나왔다.

저 앞에서 덩치가 있는 인부가 삽을 휘두르며 달려가는 모습이 보였다. 그 뒤를 철도마차 차장이 주먹을 쥐고 따라갔고, 다른 사람들도 고함을 치면서 우르르 몰려가고 있었다.

"넓게 퍼져!"

누군가가 소리쳤다.

켐프는 상황이 역전된 것을 알아차렸다. 그래서 헐떡이면서 소리쳤다.

"놈이 근처에 있소! 한 줄로 늘어서서 길을 막아요!"

그 순간 그는 귀 밑을 얻어맞고 비틀거렸다. 투명 인간이 바로 뒤따라왔던 것이 분명했다. 간신히 버티면서 마구 주먹을 휘둘렀지만 소용없었다. 그는 턱을 얻어맞고 나자빠졌다. 투명 인간은 무릎으로 그의 가슴을 누른 채 두 손으로 목을 움켜쥐었다. 켐프는 투명 인간의 두 손목을 꽉 움켜쥐었다. 투명 인간은 아까 경찰의 부지깽이에 맞아서 손목을 다쳤는지, 비명을 질렀다. 그때 인부의 삽이 날아와서 투명 인간을 때렸다. 둔탁한 소리가 나더니, 켐프의 얼굴에 무언가 축축한 것이 떨어졌다. 투명 인간의 손아귀가 느슨해지는 것이 느껴졌다. 켐프는 마구 몸부림을 쳐서 빠져나와 몸을 굴렸다. 그리고 투명 인간의 보이지 않는 두 팔꿈치를 꽉 잡았다.

"놈을 잡았어! 도와줘! 발을 잡아!"

그 소리에 여러 사람들이 달려들었다. 곧이어 때리는 소리와 발소리, 헐떡이는 소리만이 계속 울려 퍼졌다. 투명 인간은 몸부림을 쳐서 한두 명을 떼어 냈지만, 켐프를 비롯한 사람들이 우르르 달려들어서 붙잡고 때리고 할퀴고 쥐어뜯었다. 이윽고 투명 인간은 쓰러졌고, 사람들은 그를 마구 때리고 찼다.

"그만요, 제발! 제발!"

비명 소리가 들리더니, 금방 잦아들었다.

"그만, 물러나요. 그는 다쳤어요. 물러나요."

켐프는 사람들을 물리친 뒤, 보이지 않는 투명 인간을 살펴보았다. 뒤에서 순경이 투명 인간의 두 발목을 꽉 움켜쥐었다. 켐프가 허공에서 손을 이리저리 짚는 모습이 보였다.

"숨을 안 쉬어요! 심장 박동도 없어요."

그때 구경하던 한 할머니가 비명을 질렀다.

"악! 저게 뭐야!"

할머니가 가리키는 곳을 보니, 손의 윤곽이 흐릿하게 드러나고 있었다. 손은 유리로 만든 것처럼 투명했고, 그 안에 핏줄, 뼈, 신경이 고스란히 보였다. 이윽고 손은 점점 진해지면서 불투명해졌다.

"오, 발도 보이기 시작했어!"

순경이 소리쳤다. 마치 독이 퍼지듯이, 팔다리부터 몸 중심을 향해 서서히 변화가 일어나고 있었다. 가느다란 하얀 신경이 먼저 모습을 드러내고, 몸의 윤곽이 흐릿하게 잿빛으로 드러났다. 이어서 뼈와 복잡하게 뻗은 동맥이 드러나기 시작했고, 살과 피부가 안개처럼 흐릿하게 드러나더니 빠르게 불투명해졌다. 이윽고 그의 으깨진 가슴과 어깨, 일그러진 얼굴이 드러났다.

켐프가 몸을 일으키자, 서른 살쯤 된 젊은 남자의 멍들고 찢긴 알몸이 고스란히 드러났다. 차마 바로 보지 못할 만큼 너무나 비참한 모습이었다. 그렇게 투명 인간의 기묘한 실험은 막을 내렸다.

환상과 현실

다싫달싫은 눈 속을 걷고 있었다. 쌓인 눈에 발이 푹푹 빠졌고, 눈발이 거세게 날려서 앞도 잘 보이지 않았다. 어쩔 수 없이 고개를 푹 숙인 채 바닥만 보고 걸었다. 쌓인 눈에 발목까지 들어가면서 남기는 발자국과 눈이 몸에 달라붙으면서 드러나는 윤곽을 보고 있자니, 투명 인간이 된다는 것이 실제로는 별 의미가 없다는 생각이 들었다. 잠깐만 투명할 뿐, 곧 어딘가는 지저분해져서 윤곽이 드러날 수밖에 없을 테니까. 눈이나 비가 오거나 안개가 끼거나 먼지가 흩날리는 곳에서는 정체가 드러날 수밖에 없다. 차도로도 혼잡한 인도로도 진흙길로도 맨땅으로도 풀밭으로도 다닐 수 없다.

게다가 숨소리와 움직이는 소리, 심장이 뛰는 소리, 꼬르륵 소리, 입김과 몸의 냄새는? 주의력이 좀 있는 사람이라면 얼마든지 투명 인간이 있다는 것을 눈치채지 않을까? 그러니 들키지 않으려면 허공에 떠다닐 수밖에 없지 않을까? 그러면 엿보거나 감시하는 일밖에 할 수 없을 텐

중요한 건 몸이 아니라 마음이 아닐까?

데, 그런 일에는 차라리 드론이 더 낫지 않을까?

그렇게 따지니, 몸이 아니라 마음에 초점을 맞추어서 투명 인간 가상 공간을 구축한 것이 옳았다는 생각이 들었다.

'중요한 것은 몸이 아니라 마음이 아닐까?'

그런 생각을 하면서 하염없이 걷는데, 저쪽에 불빛이 하나 보였다. 다가가니 여관이었다. 문가에 걸린 간판에 '말과 마차'라고 적혀 있었다. 다섮달싶은 다가가서 문을 열려고 했다. 그런데 문이 열리지 않았다. 창문으로 들여다보니 안에 사람들이 있었다. 그런데 왜 안 열리는 거지? 두드려도 안에 있는 사람들은 못 듣는 듯했다.

들어갈 수 없으니까 오히려 더 들어가고 싶은 마음이 들었다. 문 앞에서 눈을 맞으면서 서성거리는데, 문득 어떤 생각이 떠올랐다. 투명한 채로 눈에 뒤덮여 있던 공룡의 몸이 서서히 바뀌기 시작했다. 얼굴과 손이 붕대로 칭칭 감기더니, 두툼한 옷이 입혀졌다. 눈에는 짙은 안경이 씌워

지고 머리에는 모자가 씌워졌다. 진짜 투명 인간과 똑같은 모습이었다.

다싫달싶은 심호흡을 하고서 문손잡이를 돌리면서 밀었다. 그러자 끼익 소리와 함께 문이 열렸다.

안으로 들어가면서 다싫달싶은 소설 속의 장면이 그대로 재현될까 하는 생각을 문득 했다. 여관 안주인이 자신을 맞이하면, 방과 난롯불이 필요하다고 말해야 할까? 그런데….

돌아보는 사람이 아무도 없었다. 아무도 관심을 보이지 않았다. 다싫달싶은 문을 등지고 서서 실내를 둘러보았다. 차림새를 보니 소설에 나온 인물들은 웬만큼 다 와 있는 듯했다. 여관 주인 부부와 시계 수리공, 신부와 의사, 경찰도 보였다. 실내용 가운을 입고 있는 사람은 켐프 박사 같았고, 키 작고 통통하면서 단추 구멍을 끈으로 묶은 옷을 입고 있는 사람은 마블이 분명했다.

잠시 멍하니 서 있던 다싫달싶은 앞쪽에 보이는 빈 의자에 앉았다. 탁

그는 나쁜 사람이 아니었어요.
외톨이여서 잘못된 판단을 한 거죠.

자 위에 저절로 음료수가 생겨났다. 다싫달싶은 사람들이 무슨 이야기를 하는지 들어 보기로 했다. 켐프가 말하는 중이었다.

“그는 결코 나쁜 사람이 아니었어요. 외톨이였기 때문에 잘못된 판단을 내린 거지요. 과학자라면 놀라운 발견을 하자마자 세상에 알렸을 겁니다. 세상을 바꿀 발견을 최초로 한 사람이라는 영예야말로 과학자가 바라는 거죠. 그런데 그는 지도 교수를 비롯한 주변 사람들이 자신의 발견을 훔쳐 갈 것이라고 의심하고 있었어요. 그래서 남몰래 꼭꼭 숨기면서 연구를 했지요. 그러다 보니 중요한 발견을 해 놓고도 발표한다는 생각을 미처 못한 거죠.”

“끝까지 다한 다음에 발표할 생각이 아니었을까요? 투명 인간에서 돌아오는 방법까지 알아낸 다음에요. 그래야 온전히 자기 발견이 될 것이라고 생각했을지도 몰라요.”

의사 커스가 반박하자 켐프는 고개를 저었다.

"그랬을 수도 있지만 그 생각 자체가 잘못된 겁니다. 세상에 완성된 발견이란 없어요. 어떤 발견이든 이루어진 뒤에 계속 발전시켜 가는 거죠. 투명 인간은 너무 조급해한 거예요. 조금만 더 여유를 가졌더라면, 위대한 인물이 되었을 텐데 아깝지요. 연구 결과도 사라졌고요."

켐프는 그렇게 말하면서 마블을 힐긋 쳐다보았다. 마블은 멍한 표정으로 앉아서, 듣는 둥 마는 둥 했다. 뭔가 딴생각에 잠겨 있는 듯도 했다. 옆에 앉아 있던 여관 주인이 팔꿈치로 툭 건드리자, 마블은 화들짝 놀란 표정을 지으면서 중얼거리듯이 말했다.

"음…, 제 생각에 그리 좋은 사람은 아니었어요. 그리고…."

마블은 뭔가 더 말하려다가 입을 다물고는 불안한 기색을 보였다.

"나도 좋은 사람은 아니었다고 봐요. 우리 돈을 훔쳐 간 거 봐요."

"그래도 여관에 묵을 때 그리 나쁘게 굴지는 않았는데…."

신부와 여관 안주인이 한마디씩 보태자, 사람들은 그가 나쁜 사람인

누구나 투명 인간이 될 수 있다면 어떨까요?

지 좋은 사람인지를 놓고 논쟁을 벌이기 시작했다.

다싫달싶은 자신과 상관없는 사람의 이야기를 듣고 있는 한편으로, 마치 사람들이 자기 이야기를 하는 듯한 기분도 느꼈다. 투명 인간을 안 좋게 말하는 이야기를 들을 때면 왠지 기분이 나빠졌고, 그래도 본래는 좋은 사람이었을 것이라는 말을 들으면 좀 연민이 느껴졌다.

그러다가 내가 투명 인간이었다면 어떻게 했을까 하는 생각도 들었다. 정말로 투명해지는 방법을 발견했다면 나쁜 마음을 먹었을까? 투명해진 상태에서 되돌아오지 못한다면 어떻게 행동했을까?

"자, 자, 그만합시다. 이미 지난 일이니까요."

사람들이 점점 목소리를 높이자 신부가 말렸다. 사람들이 멋쩍어하면서 입을 다물 때, 혼자 생각에 잠겨 있던 마블이 중얼거리듯이 말했다.

"누구나 투명 인간이 될 수 있다면 어떨까요?"

그 말에 사람들은 저마다 생각에 잠기는 듯했다. 그러자 경찰이 대답

했다.

"아주 난장판이 되겠죠. 물건 훔치다가 걸리고, 지나가다가 서로 부딪혀서 싸우고…."

"마차도 기차도 다닐 수 없을 거요."

마부가 말하자, 여관 안주인이 이어받았다.

"뜨거운 거나 뾰족한 것도 옮길 수 없을 거예요."

"재미있군요. 나는 여름에 온종일 해변에서 지낼 겁니다. 아무리 햇볕을 쬐어도 피부가 타지 않을 테니까요."

의사가 말하자, 모두 웃음을 터뜨렸다. 이어서 사람들은 저마다 투명인간이 되면 뭘 하겠다는 이야기를 이어 갔다. 기차를 몰래 타겠다, 한 달 동안 안 씻고 돌아다니겠다, 거북이 경주를 할 때 몰래 자기 거북이를 밀겠다, 여름에는 땀에 옷이 흠뻑 젖곤 하는 데 잘되었다, 등등 온갖 이야기가 나왔다.

투명 인간이 된다면
숨바꼭질을 할래요.

갖가지 기발한 착상을 들으면서 다싫달싶은 자신이 투명 인간을 너무 단순하게만 생각하고 있었다는 것을 깨달았다. 남을 위협하고 두렵게 하거나, 남에게서 달아나는 수단으로만 생각하고 있었던 것이 아닐까 하는 생각이 들었다. 조금만 더 여유를 갖고 넓게 보면, 이렇게 다양한 생각이 나올 수 있는걸.

자신도 모르게 어느새 혼자 생각에 잠겼던 모양이었다. 다싫달싶은 문득 실내가 조용해진 것을 깨달았다. 고개를 드니, 사람들이 모두 자신을 쳐다보고 있었다. 뭘 하겠는지 말해 보라는 표정이었다.

"어… 저는요… 어… 숨바꼭질을 할 거예요."

다싫달싶이 얼떨떨하게 말하자, 사람들은 웃음을 터뜨렸다. 그러더니 켐프가 사람들에게 눈짓을 하면서 말했다.

"그래요, 그럼 우리 숨바꼭질을 해 볼까요?"

그 말이 끝나자마자, 사람들이 투명해지면서 모습을 감추었다.

다섫달섮은 텅 빈 실내에 혼자 앉아서 찾을까 말까 잠시 고민했다. 그러다가 혹시나 해서 밖으로 나가는 문을 열어 보았다. 열리지 않았다.

“술래 할 사람을 찾으라는 말이네.”

물론 사람이 아닐 수도 있었다. 다섫달섮은 실내를 둘러보았다. 특별히 눈에 띄는 것은 없었다. 사람들이 숨었다는 기미도 전혀 없었다. 나가는 열쇠가 뭘까? 투명 인간의 일지가 가장 가능성이 높았다.

다섫달섮은 여기저기 서랍을 뒤져 보았다. 술청 쪽에는 없었다. 그러면 응접실에 있을 수도 있었다. 응접실 문을 열고 들어가니, 여기저기 널린 시험관과 유리병이 보였다. 구석에는 깨진 병도 있었다.

다섫달섮은 서랍과 소파 밑, 난로 안쪽 등 여기저기 뒤졌지만, 아무것도 없었다. 위층 침실로 가야 할까?

다섫달섮은 혹시나 해서 병과 시험관의 라벨들을 하나하나 살펴보았다. 구리, 아연, 흑연, 황산 암모늄 등 다양한 글자가 적혀 있었다. 딱히

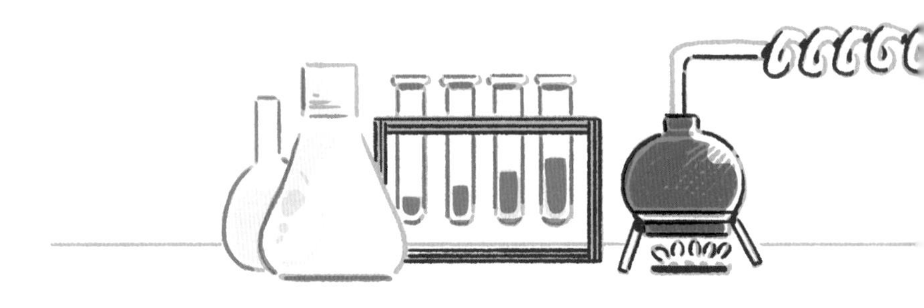

눈에 띄는 것이 없다 싶었는데, 헤모글로빈이라고 적힌 병이 보였다. 그 순간 투명 인간이 피를 투명하게 만드는 법을 알아냈다는 내용이 떠올랐다. 더 훑어보니 초록색 액체가 든 시험관이 눈에 띄었다. 라벨에 언트랜스패런숍이라고 적혀 있었다. 더 살펴보았지만, 그 외에는 이미 알고 있는 평범한 화학 물질 이름들만 있었다.

"흠…."

다싫달싶은 잠깐 고민하다가 시험관을 들고 여관 문으로 향했다. 문 앞에서 코르크 마개를 열고 액체를 마셨다. 쓰거나 역겨운 맛이 날 줄 알았는데, 좀 달콤하면서 시큼했다. 레몬주스 비슷했다.

이제 됐겠지 생각하며 문손잡이를 돌렸다. 그런데 움직이지 않았다.

"어쩐지… 너무 쉬운 것 같았어."

다싫달싶은 좀 멋쩍어져서 그렇게 중얼거렸다. 왠지 입으로 내뱉어야 쑥스러운 기분이 좀 덜할 것 같아서였다. 주위를 둘러보니 다행히 아

무도 없었다. 시험관을 보니 액체가 다시 채워져 있었다. 즉 액체는 맞다는 의미였다. 다싫달싶은 주위를 한번 훑어본 뒤 달라진 것이 없자, 위층으로 향했다.

그런데 계단을 올라가니 뭔가 이상했다. 여관 객실이 아닌 듯했다. 그냥 주택처럼 보였다. 방문에 걸린 팻말에는 '그리핀'이라고 적혀 있었고, 그 아래 "중요한 실험 중!! 방해하지 마시오."라고 적힌 종이가 붙어 있었다.

문을 열고 들어가자 여기저기 널려 있는 갖가지 실험 도구가 보였다. 발전기도 있었고, 삐죽 나온 바늘에서 전기 불꽃을 튀길 것처럼 보이는 장치도 있었다. 투명 인간이 원래 살던 런던의 하숙집이 분명했다.

다싫달싶은 방 안을 꼼꼼히 훑었다. 약병에 붙은 라벨도 살피고, 책장에 꽂힌 책들도 하나하나 훑었다. 혹시나 일지가 있나 싶어서였다. 하지만 뚜렷하게 뭔가 단서라 할 만한 것이 보이지 않았다.

포기하고 다시 나가려는 찰나, 창문 쪽에서 뭔가 움직인 듯했다. 창밖에 뭔가 있는 걸까? 창문 쪽으로 다가갈 때 다시금 뭔가 움직이는 것이 보였다. 바깥이 아니었다. 자세히 보니 두 개의 동그란 거울 같은 것이 허공에 떠 있었다.

다싫달싶은 뭔지 알아차렸다. 바로 고양이 눈이었다. 투명 인간이 처음에 실험 대상으로 삼아서 투명해진 고양이가 틀림없었다.

다가가서 손을 내미니, 보드라운 털이 느껴졌다. 등을 쓰다듬자 가르랑거리는 소리가 들렸다. 다싫달싶은 시험관 입구를 고양이의 입이 있을 만한 지점에 갖다 댔다. 할짝거리는 소리가 들리면서 초록색 액체가 줄어드는 것이 보였다.

잠시 뒤, 눈이 있던 곳에서 서서히 고양이의 윤곽이 드러나기 시작했다. 깡마른 하얀 고양이였다. 털은 좀 지저분했다. 고양이가 기쁜 표정으로 다싫달싶의 손을 핥아 댔다. 다싫달싶은 고양이의 목 밑을 어루만

가슴 한 구석에서 뭔가
뭉클 하는 것이 느껴졌다.
마치 오랫동안 찾고 있던
무언가를 찾은 느낌.

지다가 안아 들었다. 따뜻했다.

그때 문 바깥에서 고양이를 부르는 소리가 들렸다.

"야옹아, 어딨니? 야옹아?"

다싫달싫은 문을 열었다. 얼굴에 주름이 가득한 할머니가 계단을 올라오고 있었다. 할머니는 고양이를 보더니 눈물을 글썽였다.

"아유, 여기 있었네. 고맙수. 찾아 줘서. 며칠째 정말 애타게 찾고 있었는데. 알고 보니 착한 젊은이였구먼."

다싫달싫은 저도 모르게 흐뭇한 표정을 짓고 있다는 것을 깨달았다. 가슴 한구석에서 뭔가 뭉클 하는 것이 느껴졌다. 마치 자신이 오랫동안 찾고 있던 무언가를 찾은 느낌이 들었다.

할머니는 연신 고맙다고 말하면서 고양이를 안고 계단을 내려가서 사라졌다. 다싫달싫은 그 자리에 그대로 멍하니 서 있었다.

미친 과학자는 존재할까?

『투명 인간』은 세상을 놀라게 할 발견을 한 과학자가 피해망상, 명예욕, 자존심, 이기심 등 나름의 이유로 광기에 빠져서 세상을 해치려 한다는 내용을 담고 있다. 미친 과학자가 주요 인물로 나오는 과학 소설을 유행시킨 최초의 작품 중 하나에 속한다.

지금도 미친 과학자는 영화에 종종 등장한다. 천재적인 능력을 써서 인류를 전멸시킬 바이러스를 퍼뜨리거나, 핵폭탄을 터뜨리거나, 세계의 인터넷을 파괴하려는 인물이다.

그런데 시대가 바뀌었다. 이제는 투명 인간처럼 홀로 연구하는 과학자는 찾아보기 어렵다. 어떤 연구를 하든 엄청난 장비와 연구비가 필요하고, 많은 과학자들이 협력해야 하기 때문이다. 1천 명이 넘는 과학자가 함께 논문을 쓰기도 한다. 게다가 연구 논문을 발표하지 않는 사람은 과학자라고 쳐주지도 않는다. 즉 연구 자체를 하기가 어렵다. 그러니 지금은 아무리 천재적인 재능을 지녔다고 해도, 홀로 광기를 부려서 세상을 위험에 빠뜨리기는 어렵지 않을까?

그러나 과학 기술이 발전함에 따라, 오히려 그런 인물이 등장할 가능성이 더 높아진다고 예측하는 이들도 있다. 첨단 기기들은 점점 성능과 지능이 높아지는 한편으로, 작아지고 저렴해진다. 이미 집에서 혼자 DNA를 조작할 수 있는 실험 도구가 나와 있다. 누군가가 그런 도구로 위험한 바이러스를 만들 수도 있다. 그러면 혼자서도 얼마든지 세상을 위험에 빠뜨릴 수 있다. 또 뉴스가 인터넷을 통해 전 세계로 빠르게 퍼지므로, 그런 바이러스가 누출되었다는 소식만 들려도 세상이 공포에 휩싸일 수도 있다.

하지만 위험을 예방하거나 일찍 파악하고, 위험에 일찍 대처하는 능력도 그만큼 커진다고 보는 이들도 있다. 에볼라 출혈열이나 지카열 같은 위험한 유행병이 퍼지자마자, 빠르게 대처하는 식이다. 어느 쪽이 옳을까?

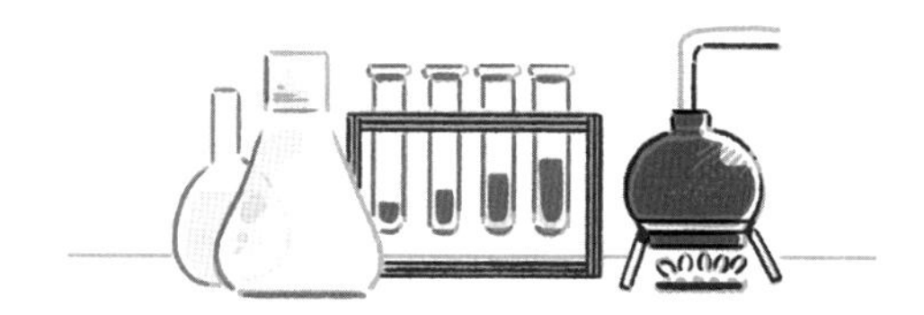

에필로그

투명 인간에 관해 더 자세히 알고 싶다면, 포트스토 인근의 한 작은 여관으로 가야 한다. 여관 이름은 '투명 인간'이다. 간판에는 모자와 장화만 그려져 있다. 주인은 땅딸막하고, 코가 둥글게 튀어나와 있고, 머리털이 철사 같다. 이따금 얼굴이 붉게 달아오르곤 한다. 술을 사 주면, 주인은 그 사건 이래로 자신이 어떤 일을 겪었고, 변호사들이 어떻게 자신의 보물을 빼앗으려고 했는지를 들려줄 것이다.

"그들이 내가 갖고 있던 돈이 어디에서 나온 건지 알 수 없다고 결론 내린 순간, 나는 횡재한 거죠. 그리고 어떤 신사가 내게 엠파이어 뮤직홀 무대에 나와서 그 이야기를 사람들에게 들려주면 하룻밤에 1기니씩 주겠다고 했어요."

그러다가 투명 인간의 일지는 없었냐고 물으면, 줄줄 쏟아 내던 말이 멈춘다.

"모두 그 공책을 내가 갖고 있다고 생각하는데, 결코 아니에요. 내가 포트스토로 달아날 때, 투명 인간이 빼앗아서 어딘가에 감춘 거예요. 그걸 내가 갖고 있다는 생각을 사람들에게 퍼뜨린 사람은 켐프 씨예요."

그런 뒤 그는 눈치를 보면서 술잔을 치우고 자리를 뜬다.

그는 여전히 독신이다. 이제는 끈 대신에 단추가 달린 옷을 입는다. 그는 예의 바르고 정중하게 여관을 운영한다. 그는 서두르는 법이 없고 생각을 많이 한다. 마을에서 지혜롭고 절약 정신이 몸에 밴 사람이라는 평판을 받고 있다.

일요일 밤 10시가 되면 그는 가게 문을 닫는다. 그런 뒤 물을 탄 묽은 술이 담긴 술잔을 들고서 술청으로 홀로 들어간다. 문을 잠그고 블라인드를 확인하고 탁자 밑까지 살펴본다. 아무도 없다는 것이 확실해지면, 잠긴 벽장문을 연다. 그리고 그 안에 든 금고를 열고, 그 안의 서랍을 열어서 갈색 가죽으로 장정된 공책 세 권을 꺼낸다. 그는 공책들을 탁자 한가운데에 엄숙하게 내려놓는다.

표지는 닳았고 바닷말 같은 초록색을 띠고 있다. 잠시 도랑 속에 잠겨 있었기 때문이다. 더러운 물에 지워진 부분도 있다. 그는 안락의자에 앉아서 긴 파이프에 천천히 담배를 채우면서 잠시 일지를 흡족하게 바라본다. 그런 뒤 한 권을 집어서 펼친다. 이리저리 책장을 넘기면서 꼼꼼히 연구한다. 때로 찡그리기도 하고 입술을 일그러뜨리기도 한다.

"6의 제곱에다가 이것들을 더한다 이거지. 흠, 정말 천재적인 사람이었어!"

그는 이윽고 등받이에 몸을 기대고 담배 연기 사이로 눈을 깜박이면서 남들에게는 보이지 않는 무언가를 바라보는 표정을 짓는다.

"비밀로 가득해. 놀라운 비밀로!"

"일단 이걸 다 이해하기만 하면!"

"그 사람처럼 하지 않을 거야. 난 잘 해낼 거야."

그렇게 그는 꿈에 빠져든다. 그 일지가 여기 있는지는 아무도 모른다. 투명해지는 방법을 비롯하여 십여 가지 비밀이 담겨 있는 이 공책의 소재는 오직 그만이 알고 있다. 그가 죽는 날까지 아무도 모를 것이다.

문 밖으로

다싫달싶은 계단을 내려갔다. 술청 안에는 처음에 들어왔을 때처럼 사람들이 모여 있었다. 그들은 다싫달싶에게 반갑게 손을 흔들었다. 다싫달싶도 손을 흔든 뒤에 문으로 다가갔다. 손잡이를 돌리자, 문이 딸깍 하고 수월하게 열렸다.

문 바깥은 어두컴컴했다. 한 발을 내딛자, 발이 닿는 부위가 밝아지면서 네모난 보도블록이 나타났다. 다음 걸음도 마찬가지였다. 오른쪽이나 왼쪽으로 방향을 바꾸어도 마찬가지였다. 다싫달싶은 한참을 보도블록만 바라보면서 걸었다. 온갖 생각들이 떠올랐지만, 흘러가도록 놔두었다. 왠지 그냥 하염없이 걷고 싶을 뿐이었다.

그러다가 문득 뭔가를 하고 싶은 마음이 들었다. 어디로 가고 싶어진 것이 아니라, 누군가를 만나고 싶어졌다. 그러자 저 앞쪽으로 하얀 점이 나타났다. 그쪽으로 향하니, 점이 점점 커졌다. 그 안은 파란색을 띠고 있었다. 더 다가가니 바다였다. 다싫달싶은 머리 높이만큼 커진 원 안으

여기서 만나는 공룡들이
사람이 아니라
인공 지능처럼 느껴져요.

로 들어갔다.

그러자 상쾌한 해변이 모습을 드러냈다. 전혀 가상으로 만든 공간 같지가 않았다. 실제 있는 해변을 고스란히 옮겨 놓은 듯했다. 언젠가 제주도 앞바다에서 본 풍경 같기도 했다.

계단을 따라 내려가니 카페가 나왔다. 다싫달싶은 아이스티를 받아 들고서 파라솔과 탁자가 놓여 있는 곳으로 향했다. 곳곳에 모일 장소를 마련하겠다는 회사의 방침은 그럭저럭 성공을 거두고 있었다. 그런 곳마다 으레 사람들이 모여들었고, 자주 보는 이들은 한 탁자에 앉아서 가볍게 이야기를 나누기도 했다. 저쪽에서 시끄럽게 소리를 지르고 있는 콤프소그나투스 같은 공룡도 있긴 했지만.

다싫달싶은 주위를 둘러보다가 바다 가까이 있는 탁자로 향했다. 이구아노돈이 앉아 있었다. 다싫달싶은 고개를 숙여 인사를 하면서 그 옆에 놓인 빈 의자에 앉았다. 둘은 햇살 가득한 잔잔한 바다를 바라보면서

말없이 앉아 있었다. 잠시 뒤 다섥달섶은 이구아노돈을 향해 고개를 돌렸다.

"뭐 좀 물어봐도 돼요?"

이구아노돈은 눈을 동그랗게 떴다.

"웬일로 먼저 입을 여니? 그래, 뭔데?"

"이구아노돈은 진짜 사람인가요?"

"그러면 진짜 공룡이겠니?"

이구아노돈의 농담에 다섥달섶은 멈칫했다가, 더 편안해진 마음으로 다시 물었다.

"그게 아니라 진짜 사람인지, 인공 지능인지 묻는 거예요."

이구아노돈은 다섥달섶의 눈을 빤히 쳐다보면서 반문했다.

"네 생각은 어떤데?"

"잘 모르겠어요. 이따금 왠지 여기서 만나는 모든 공룡이 다 인공 지

인공 지능한테 속으면 기분 나빠?
사람에게 속을 때보다?

능처럼 느껴지기도 하거든요."

"그게 중요해?"

"네?"

"진짜든 아니든 간에 어차피 여기서는 가상으로 만나는 거잖아. 진짜 모습을 보는 것도 아니고. 어떤 사람인지도 모르고. 게다가 남들의 시선에서 사라지고 싶은 마음으로 오는 이들이 대부분이니까, 서로 난처한 질문은 안 하지. 그냥 가볍게 서로의 감정을 건드리지 않을 만한 이야기만 하다가 헤어지지. 그런데 인공 지능인지 사람인지가 뭐가 중요해?"

"내가 속고 있는 게 아닐까 하는 기분이 드니까요."

"인공 지능에게 속으면 기분 나빠? 사람에게 속을 때보다? 그러면 인공 지능이 인격을 갖고 있다고 느끼는 거야?"

그렇게 물으니까 다솗달솗은 뭐라고 할 말이 없었다. 거기까지는 생각해 보지 않았기 때문이다. 그래서 그냥 솔직히 답했다.

“잘 모르겠네요. 그렇게 물으니까, 기분 나빠 해야 할지도 잘 모르겠어요.”

“젊을 때에는 모든 인간관계에 많은 것을 기대하는 경향이 있어. 그러다가 어떤 관계가 그렇지 못하다는 것이 드러나면 상처를 입지. 이 가상공간에서의 관계는 그렇지 않잖아? 많은 것을 기대할 수 있는 관계가 아닌데?”

다싫달싶은 고개를 끄덕였다.

“듣고 보니 그러네요. 그런데도 뭔가 큰 기대를 하고 있었나 봐요. 그래서 진짜로는 인공 지능이라는 말을 들으면 실망할 것도 같아요. 인간관계 자체가 본래 그런 걸까요?”

이구아노돈은 다시 바다를 바라보았다. 멀리 돛단배 하나가 지나가는 모습이 보였다. 이 풍경 중에서 유일하게 상상의 산물 같았다.

“나도 모르겠다. 이렇게 말하고 있지만, 나도 너랑 다를 바 없어. 나

역시 여기서 인간관계에 많은 것을 걸고 있는 듯하거든. 사실 여기서 너 같은 생각을 하지 않는 사람은 없을걸? 서로가 상대방이 인공 지능이 아닐까 의심하지."

"나도요?"

이구아노돈은 고개를 끄덕였다.

"그래, 여기 인공 지능은 발전 속도가 아주 빨라. 뭔가 이상하다고 느끼면 금방 수정하니까. 오늘은 인공 지능이 확실하다고 느껴도 내일 만나면 인공 지능이 아니라는 확신이 들걸? 나는 그저 좀 더 오래 있었으니까, 그런 구별이 별 의미가 없다는 생각을 갖게 된 것뿐이야."

"그러면 우리를 대상으로 실험을 하는 거네요?"

화를 내는 듯한 다싫달싫의 말에 이구아노돈이 피식 웃었다.

"상부상조지. 상처 입은 사람들을 돕는 한편으로 자신도 돕는 거지."

다싫달싫은 잠시 생각하다가 물었다.

이 사이트가 내 생각을 다 읽는 거 같아요.
그건 위험하지 않을까요?

“이 사이트가 내 생각을 다 읽는 것 같아요. 그건 위험하지 않을까요?”

“나도 그런 의심이 종종 들긴 해. 이용자 동의서에 그 내용이 있는지 찾아봐야겠네.”

“머릿속이 투명하게 드러나는 거잖아요.”

“진짜 생각을 읽는다면 그렇겠지. 그리고 그런 방법을 써서 발견한 것들을 소설 속 투명 인간처럼 인류를 정복하는 데 쓸 수도 있지 않을까?”

이구아노돈이 자신이 생각하고 있던 말을 하면서 묻자, 다싫달싫은 고개를 저었다.

“거기까지는 모르겠어요.”

“나도 몰라. 그렇게 따지면 투명 인간처럼 미친 과학자 한 명이 아니라, 미친 거대 기업을 상대해야 하는 거네?”

“기업 전체가 미치기는 어렵겠죠?”

그냥 중얼거린 거라서 이구아노돈은 대답하지 않았다. 둘은 다시 바다를 보면서 생각에 잠겼다. 그러다가 다싫달싫은 이구아노돈이 처음 질문에 대답을 하지 않았다는 것을 알아차렸다.

"진짜로 뭐 좀 물어봐도 돼요?"

이구아노돈이 고개를 끄덕였다.

"진짜 사람 맞아요?"

이구아노돈은 고개를 돌리고는 피식 웃었다. 그러더니 다싫달싫의 눈을 지그시 보면서 반문했다.

"사람이 뭔데?"

대답하기 싫어서 방향을 돌리려고 하는 질문이 아니었다. 다싫달싫은 말문이 막혔다. 그러자 잠시 지켜보던 이구아노돈이 깔깔 웃으면서 말했다.

"심각해지라고 한 질문이 아니었는데. 그럼 예를 들어 볼까? 몸이 투

사람이 뭔데? 몸이 투명해져도 사람이겠지?
사람 뇌에 컴퓨터 칩을 이식해도?
사람 뇌에 든 걸 컴퓨터에 옮겨도?

명해져도 사람은 사람이겠지?"

"그렇죠."

"뇌에 컴퓨터 칩을 이식하면?"

"그래도요."

"뇌에 든 것을 컴퓨터로 그대로 옮기면?"

"그래도 사람일 것 같은데요? 사람의 인격을 그대로 지녔으니까요."

"그러면 그 옮겨진 뇌의 기억이 전 세계의 서버에 흩어져 있다가, 누군가 불러낼 때면 모여서 인격을 이룬다면?"

다싫달싶이 잠시 고민하자, 이구아노돈이 물었다.

"모였을 때만 사람이라고 해야 할까?"

"음…, 그럴 수도 있겠네요."

"그러면 뭔가 좀 오류가 일어나서 불러냈을 때 세 명의 기억이 섞인다면?"

"음…."

"그리고 사람이 살아가면서 하듯이, 컴퓨터에 든 기억이 시간이 흐르면서 점점 바뀌도록 한다면?"

"에… 그러니까…."

"그렇게 되면 사람일까, 인공 지능일까?"

다싫달싶이 대답을 못하자, 이구아노돈은 눈을 돌려서 바다를 바라보면서 말했다.

"우리는 왜 뭔가를 생각할 때면 그것이 고정되었다고 생각할까? 따지면 어제의 나와 오늘의 나도 다른데. 내가 지금은 사람이지만 1년 뒤에는 인공 지능일 수도 있지 않을까?"

"하지만 어제의 나도 오늘의 나도 나잖아요. 나라는 점에는 변함이 없거든요."

다싫달싶이 반박하자, 이구아노돈은 고개를 끄덕였다.

달라지기를 원하면서도

간직하고 싶은 것이 사람의 마음이 아닐까?

나는 뭘 바꾸고 뭘 간직하고 싶은 걸까?

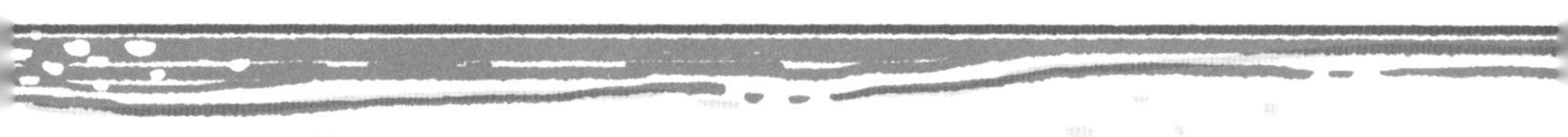

"맞아. 그런데 뭐를 갖고서 나라고 하는지가 문제겠지. 너는 너의 뭐를 갖고서 나라고 하고 싶니? 나라고 하는 것을 좀 바꾸고 싶어서 여기로 오는 거 아니었어?"

그 말을 들으니 뭔가 모순되는 것도 같았다. 달라지기를 원하면서도 한편으로는 간직하고 싶은 것이 사람의 마음이 아닐까 하는 생각도 들었다. 자신은 뭘 바꾸고 뭘 간직하고 싶은 걸까?

이구아노돈도 나름대로 뭔가 생각에 잠겨 있는 듯했다. 다싫달싶은 잠시 머뭇거리다가 다시 입을 열었다.

"그런데요…."

이구아노돈이 고개를 돌려서 다싫달싶을 쳐다보았다.

"진짜 사람이 맞아요?"

이구아노돈은 허를 찔렸다는 표정을 짓더니 웃음을 터뜨렸다. 그러더니 고개를 젓다가 턱으로 다싫달싶의 뒤쪽을 가리켰다.

"나보다 먼저 저쪽에 물어보는 게 어때?
재는 진짜 사람일까, 인공 지능일까?"
무사우루스가 아이스크림을 들고
카페에서 나오면서 손을 흔들었다.

나무클래식 11
투명 인간과 가상 현실 좀 아는 아바타

초판 1쇄 발행 2019년 6월 24일
초판 3쇄 발행 2020년 9월 25일

지은이 이한음 **그린이** 김규택
펴낸이 이수미
편집 이해선
북디자인 하늘·민
마케팅 김영란

종이 세종페이퍼 **인쇄** 두성피앤엘 **유통** 신영북스

펴낸곳 나무를 심는 사람들
출판신고 2013년 1월 7일 제 2013-000004호
주소 서울시 용산구 서빙고로 35, 103동 804호
전화 02-3141-2233 **팩스** 02-3141-2257
이메일 nasimsabooks@naver.com
블로그 blog.naver.com/nasimsabooks

ISBN 979-11-86361-98-6
979-11-950305-7-6(세트)

이 도서의 국립중앙도서관 출판시도서목록(CIP)은
서지정보유통지원시스템 홈페이지(http://seoji.nl.go.kr)와
국가자료공동목록시스템(http://www.nl.go.kr/cip.php)에서 이용하실 수 있습니다.
(CIP제어번호:CIP2019022662)

책값은 뒤표지에 있습니다. 잘못된 책은 바꾸어 드립니다.